KB102167

컨트롤러
Controller
FUSION FANTASTIC STORY
건(建) 장편 소설

컨트롤러 ч

건(健) 장편 소설

초판 1쇄 적은 날 § 2014년 5월 28일
초판 1쇄 펴낸 날 § 2014년 6월 4일

지은이 § 건(健)
펴낸이 § 서경석

편집부장 § 권태완
편집책임 § 이효남
디자인 § 이거일

펴낸곳 § 도서출판 청어람
등록번호 § 제387-1999-000006호
등록일자 § 1999. 5. 31
어람번호 § 제1-1866호

주소 § 경기도 부천시 원미구 부일로 483번길 40 서경B/D 3F (우) 420-822
전화 § 032-656-4452 팩스 § 032-656-4453
http://www.chungeoram.com
E-mail § chungeorambook@daum.net

ISBN 979-11-316-9060-4 04810
ISBN 978-89-251-3726-1 (세트)

4

FUSION FANTASTIC STORY
건(建) 장편 소설

컨트롤러
Controller

도서출판
청어
람

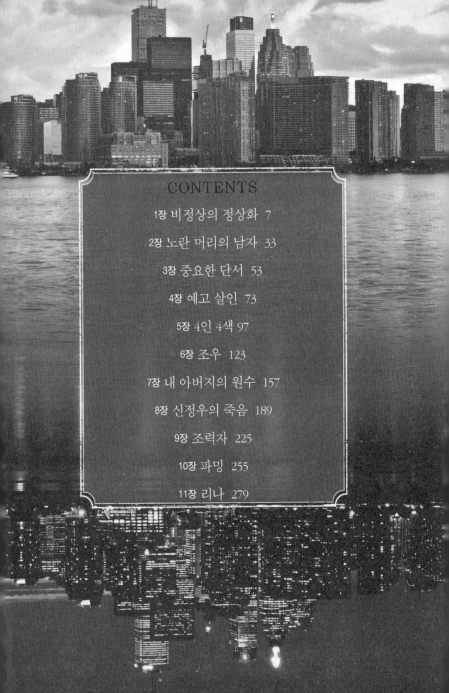

CONTENTS

1장
비정상의 정상화

악몽을 꾸었다.

온몸이 불타오르다가, 차가운 물속에 담가졌다가, 다시 끌어올려져 불타오르는 끔찍한 꿈이었다.

몸이 생각지도 않았던 과부하에 많은 고통을 받았기 때문일까?

현성이 눈을 뜨고 따스한 아침 햇살을 마주하기 전까지 악몽은 끊임없이 계속됐다.

마치 고통을 곱씹는 듯이.

"후……"

눈을 뜨자, 창문 틈 사이로 스며 들어오는 햇살이 전신을 비추고 있었다.

따뜻했다.

그리고 나른했다.

포근한 이불… 푹신한 베개…….

"아! 윽, 크으윽……."

집이 아닌 것이 분명했다.

다른 사람의 집에 와 있는 것이다.

어딘지는 알 수 없지만 너무 편히 누워 있는 게 아닌가 싶어 몸을 일으켜 세우려 하자, 뻐근한 느낌이 척추를 타고 목 끝까지 올라왔다.

오랜 시간 누워 있었던 모양인지 몸이 굳었던 모양이었다.

"음?"

그때.

현성은 자신의 곁에서 엎드려 잠을 청하고 있는 한 사람을 볼 수 있었다.

"예련 씨?"

차예련이었다.

그녀의 집이었던 것이다.

왜 자신이 여기에 있는지는 어느 정도 짐작이 갔다.

그녀를 치료한 이후, 쓰러졌을 자신.

박 신부와 그녀가 선택할 만한 장소는 역시 그녀의 집이었을 것이다.

푸우— 푸우—

그녀는 곤한 잠에 빠져 있었다.

따스한 햇살을 받고도 고통스러워하지 않아도 되는 것이다.

하지만 집 안 곳곳에 여전히 자리하고 있는 블라인드 커튼은 그녀가 얼마나 햇빛에 민감한 삶을 살아왔는지 보여주고 있었다.

실로 오랜만에 느끼는 햇살의 따스함 때문일까?

그녀는 현성이 움직이며 몇 번의 기척을 느꼈을 것임에도 불구하고 곤한 잠에 빠져 있었다.

현성은 조심스럽게 몸을 일으켰다.

그리고 깊은 잠에 빠진 그녀의 몸 위로 이불을 덮어주고는 일어섰다.

눈앞에 보이는 식탁 위에는 메모 한 장과 얼음이 가득 담긴 물통이 놓여 있었다.

이상하게 생각 말고 편하게 쉬세요.

현성 씨 상태를 계속 지켜보다가, 이제는 많이 나아진 것 같아 잠깐 눈을 좀 붙일까 해요. 너무 피곤하거든요!

편하게 뭐든 마시고, 꺼내 먹어도 괜찮아요.

원한다면 집 앞으로 달아놓고 시켜먹어두 상관 없구요.

매너랍시고 말없이 떠나지 말고, 일어나는 대로 깨워주세요.

알았죠?

차예련의 쪽지였다.

현성은 피식 웃음을 흘리고는 물컵 위에 얼음물 두어잔을 따라서는 벌컥벌컥 들이켰다.

"음……."

물을 쭉 들이키고 나니, 차예련의 집 안이 한눈에 들어왔다.

원룸 치고는 평수가 좀 되어 보였다.

현성이 살고 있는 옥탑방에 비하면 거진 세 배는 되는 듯했다.

한 사람만 지내기에는 꽤나 넉넉해 보여서, 한편으로는 휑해 보일 정도였다.

상당히 개방적이고 털털해 보였던 그녀의 첫 인상과 달리, 집 안은 정리정돈이 잘 되어 있었다.

한 쪽에 파티션을 치고 마련해 놓은 드레스 룸에 차곡차곡 정렬된 옷들은 대부분이 단정해 보이는 옷들이었다.

자신의 매장에 찾아왔던 날.

그때 입고 있었던 것 같은 노출이 심한 옷은 겨우 두 벌이 전부였다.

현성의 시선은 드레스 룸에서 자연스럽게 그 옆에 놓여 있던 탁자로 이어졌다.

탁자 위에는 사진을 담은 액자들이 가지런히 줄을 맞춰 놓여 있었다.

　어떤 액자에는 그녀의 모습으로 보이는 혼자만의 사진이 끼워져 있기도 했지만, 또 어떤 액자들에는 두 사람이 다정하게 찍은 사진이 있었다.

　현성이 시선을 좀 더 가까이 옮겼다.

　그러자 사진 속에 숨어 있던 존재가 모습을 드러냈다.

　"……."

　비슷했다.

　자신의 외모와 비슷하게 생긴 남자 하나가 차예련의 곁에서 다정하게 웃는 표정으로 사진 속에 찍혀 있었다.

　자세히 보면 달랐다.

　처진 눈매라든가… 얇은 입술이라든가.

　날카로운 눈매에 도톰한 입술을 가진 현성과는 다른 모습이었지만, 언뜻 보기에는 자신과 친형제 혹은 친척이라 해도 믿을 정도로 비슷한 모습이었다.

　달리 그녀가 내색을 했던 적은 없었다.

　매장에서 차예련을 만나게 된 것도 그녀가 손님으로 찾아오고 나서부터였다.

　딱히 호감이라든가 감정을 교류한 일도 없었다.

　다만 유독 튀는 매혹적인 차림을 하고 있던 차예련에 대한 인상이 강하게 기억에 남았고, 이후 그녀와 다시 조우했을 때

빠르게 기억했을 뿐이었다.

현성은 혹시나 차예련이 자신에 대해 어떤 다른 감정을 갖고 있는 것은 아닌가 생각했다.

'그냥 기우일 뿐이겠지. 그리고 나에게 이런 사실을 말했던 적도 없으니.'

현성은 고개를 저었다.

괜한 생각이다.

설령… 그녀의 예전 남자 친구를 닮았다고 해서 꺼림칙하게 생각할 이유는 없었다.

세상은 넓고, 닮은 사람은 충분히 많은 것이다.

*　　　*　　　*

현성은 한동안 창가에 앉아 창밖을 보며 생각에 잠겼다.

차예련이 몇 번을 뒤척이며 얕은 신음을 흘렸지만, 그녀의 단잠을 방해하고 싶지 않아 조용히 있었다.

어제의 일은 여러 가지로 시사하는 바가 컸다.

차예련, 그러니까 뱀파이어를 근본적으로 치료할 수 있는 방법을 찾았다는 것이 컸다.

물론 현성이 거의 탈진 상태에 이를 만큼 엄청난 힘의 소모가 있었지만, 방법이 있다는 것은 매우 고무적이었다.

그밖에도 현성은 어렴풋이 느껴왔던, 다시 말해 단어적인 의미로 받아들였던 '뱀파이어'라는 글자의 심각성을 한 번 더 깨닫게 됐다.

차예련, 그녀가 바로 현성이 원하지 않던 악의적인 목적의 희생양이었다.

그녀가 원해서 뱀파이어가 된 것이 아니었다.

그녀의 전 남자 친구가 그녀를 이렇게 만들었고, 그는 죽었다.

더 거슬러 올라간다면 그 남자 친구 역시 피해자일 것이다.

악순환이었다.

누군가는 자의에 의해, 타락한 삶을 위해 뱀파이어의 삶을 선택했을 수도 있겠지만.

차예련처럼 본인의 의지에 관계없이 강제로 이런 삶을 살게 된 사람도 많을 것이다.

이미 희생된 사람도 있을 것이고.

지난 동굴에서의 전투 중 희생된 뱀파이어들 중에서도, 애초부터 그런 삶을 살겠다고 마음먹은 자들도 없었을 것이다.

따스한 햇살의 평온한 느낌과는 역설적으로 현성은 가슴이 차갑게 식어들며 먹먹해지는 것을 느꼈다.

창밖으로 보이는 거리의 모습은 평온했다.

산뜻한 봄바람이 부는 아침.

사람들은 한껏 봄에 맞는 패션을 차려입고는 저마다의 길을 걷고 있었다.

하루에도 몇 번씩 사건 사고가 일어나고, 수많은 사람들이 보이지 않는 곳에서 죽어가지만.

그것 역시 이제는 일상일 뿐이다.

'돈'에 얽매여 하루하루를 힘겹게 살아가는 사람들에게 세상에 대한 걱정, 보이지 않는 세계에 대한 걱정은 사치다.

당장에 내 입에 풀칠하고, 내 가족들에게 가져다줄 수 있는 경제적인 여건들이 더 중요한 것이다.

혹은… 내가 사랑하는 사람과의 사랑이라든가, 하루를 방탕하게 보낼 향락이나 유흥에 관심이 있을 뿐.

현성은 그런 것을 원망하고 싶지는 않았다.

다만 보이지 않는 곳에서 아주 작은 단위로만 존재하던 문제들이 이제는 세상으로 점점 스며들어 나오고 있었다.

뱀파이어 문제는 빙산의 일각일 뿐이었다.

이미 전쟁은 시작됐다.

해가 지고, 달이 뜨고 나면.

뱀파이어들은 다시 세상으로 기어 나온다.

정체를 숨긴 채, 선한 사람의 모습을 한 채.

평범한 사람들 사이에 섞여 또 다른 희생자를 만들어가는 것이다.

─오빠, 왜 이렇게 연락이 안 됐어? 무슨 일이야, 어디 아파요?

"아냐, 괜찮아. 몸살기가 좀 있었는지 근처에 찜질방에 들러서 몸이나 지질까 하다가 폭 잠이 들었지 뭐야. 어때, 수연아. 자원봉사는 힘들지 않아? 전에 보낸 것들은 보탬이 좀 됐어?"

―히히, 당연하지! 오빠가 보낸 음식들 먹고 우리 과 선후배들이 얼마나 좋아했는데! 정말 고마워, 오빠. 자원봉사는 괜찮아요, 할 만해. 도움이 필요한 분들을 돕는 일이잖아. 그런 동아리에 들어온 거구. 괜찮아.

"그럼 다행이네. 이번 주 금요일까지던가?"

―응! 올라가면 폭 쉬고 오빠네 집에서 좀 놀아야지. 히히히. 영화 보자, 영화!

"그래, 올라오면 뭐든지 하자. 오빠도 기다리고 있을게."

―응! 오빠, 나 또 들어갈 시간이야. 전화할게!

"응."

부재중 전화가 잔뜩 쌓여 있었다.

현성은 가장 먼저 수연에게 전화를 걸었다.

요즘 들어 현성만큼이나 더 바빠진 그녀였다.

사회복지 활동에 관심이 많은 그녀는 최근 동아리 차원에서 연합으로 진행하고 있는 봉사활동에 참여 중이었다.

독거노인들을 돕고, 집을 깨끗하게 청소해 주는 그런 봉사활동이었는데 어지간한 대학생들은 싫어하고 기피할 만한 일을 수연은 즐겁고 기쁘게 하고 있었다.

현성은 그런 점에서 수연을 존경했다.

연인의 사이를 떠나 사람 대 사람으로 느끼는 감정이었다.

그녀는 헌신적인 여자였다.

자신에게도, 그리고 도움을 필요로 하는 사람에게도.

현성은 이어서 상화에게도 전화를 걸었다.

출근해야 할 시간에 출근을 하지 않으니, 당연히 가장 먼저 전화가 왔던 것이 상화였다.

─뭐냐? 어제 뭐 떡이라도 쳤어?

"…좀 순화된 표현 없냐."

─섹스 했어?

"야."

─빠X리?

"……."

─농담이다, 농담. 아무래도 너 요즘 꽤나 피곤했던 것 같아서 전화는 한 번만 했어. 오늘 어차피 별다른 일도 없고, 오인오색에 들어갈 재료들은 아침에 전부 들어갔어. 어차피 발송 요청은 나도 할 수 있는 거니까. 이렇게 된 김에 좀 더 잠이나 자. 너 요즘 생각 이상으로 강행군이야. 일도 빡세게 하고. 나한테 맡기고 쉬어라.

"괜찮겠냐."

—내가 너한테 할 소리다. 괜히 매장 기어 나오지 말고 쉬고 있어.

"그럼 오늘 하루만 부탁 좀 하자."

—뭘 부탁을 해. 낯간지럽게 그런 소리 말고 편하게 쉬어라! 몸보신 확실하게 하고!

"고맙다."

상화와의 통화는 짧고 굵게 끝났다.

현성과 계속 일을 하면서 현성이 어느 정도 매장 운영에 일임한 부분이 있는데다가, 서로가 척하면 척하고 아는 사이인만큼… 상화는 현성의 부재와 관계없이 필요한 일들을 처리해 놓았다.

현성이 상화를 믿는 것은 바로 이 때문이었다.

자신이 굳이 챙기고 지시하지 않아도, 먼저 알아서 했다.

오히려 현성이 놓친 부분까지도 챙기는 세심함이 있었다.

외모만 봐선 전혀 그럴 것 같지 않지만.

마지막으로 현성은 정유미에게 전화를 걸었다.

이번 사건에 연관 된 네 명의 사람 중, 아직 현성이 상태를 확인하지 못한 마지막 한 사람이었다.

하지만 업무 중인지 정유미는 전화를 받지 않았다.

단, 현성이 아직 확인하지 못한 문자 한 통이 메시지 함에 담겨 있었다.

무슨 일이 있었던 것 같은데 전혀 기억이 나질 않아요. 어제 약속이었는데, 나 못나간 것 맞죠? 괜찮아요? 현성 씨 화난 게 아닌가 싶기도 하고… 근데 왜 어제 저녁 이후로 아무 기억도 없는 건지 모르겠어요. 무슨 일이 있었던 것도 아닌데. 확인하면 연락 줘요, 왠지 화 많이 났을 것 같아서 불안하네. 만약 연락 안 되면, 부재중 연락 보이면 내가 바로 연락할게요.

중요한 연락들은 우선 다 닿았다.

현성은 그제야 무표정했던 얼굴의 표정을 풀었다.

"으음……."

그 즈음해서 차예련이 부스스한 눈빛으로 몸을 일으키고 있었다.

헝클어진 머리.

누가 봐도 방금 자고 일어난 것이 분명해 보이는 기름진 얼굴.

혹 어떤 사람은 그런 모습을 추하고 보기 흉하다 할지 모르겠지만, 현성은 그녀의 얼굴이 그 어느 때보다도 행복해 보였다.

"아!"

그녀가 반사적으로 손바닥을 이용해 햇빛을 가렸다.

자신도 모르게 배어버린 습관이었다.

창틈을 타고 스며들어오는 햇빛을 보는 순간, 따스한 느낌의 행복보다는 절대 자신과 공존해서는 안 되었던 과거를 떠올려버린 것이다.

"괜찮잖아요, 이제는."

"아… 맞아요. 그런 거였죠. 어머, 내 정신 좀 봐. 이게 무슨 몰골이람."

차예련이 멋쩍은 듯 머리를 긁적였다.

그리고는 옆에 놓인 탁자 위에 올려두었던 머리끈을 가져와서는 능숙한 손놀림으로 사과머리를 만들었다.

물론 여전히 얼굴에는 잠이 깨지 않은 기운이 가득했지만.

"현성 씨."

차예련이 현성을 불렀다.

현성은 조용히 그녀를 바라보았다.

"고마워요. 이 말 한마디로 될 이야기는 아닌 것 같지만… 정말 많은 것을 감사하고 또 고마워하고 있어요. 부득이하게… 유미 씨를 이 일에 끌어들인 건 죄송하게 생각해요. 그에 대한 죗값을 치러야 한다면… 그렇게 할게요."

"그럴 필요 없어요. 어느 누구도 잘못된 사람은 없으니까. 모두 안전하면 그걸로 됐어요. 나에겐 없는 기억으로 하죠. 유미 씨도 괜찮은 걸로 확인했어요."

"괜찮을까요?"

"대신 다음에 인사할 일이 생기면, 내색하지 말고 시원한 술 한잔이나 사는 걸로. 유미 씨가 술은 진짜 좋아하니까."

"그래요? 저도 그래요! 하… 햇빛, 정말 그리웠어요. 이제 이 블라인드들은 전부 떼어낼 거예요. 보고 싶지 않아요. 아침에 편히 눈을 뜰 수 있다는 게 정말 행복해요. 정말……."

문득 옛 생각이 난 차예련이 고개를 떨구었다.

그녀는 햇빛의 따스함을 만끽하면서도 창밖을 조심스럽게 내다보고 있었다.

과거의 기억이 남아 반사적으로 몸이 반응을 하는 것 같았다.

햇빛이 닿는 순간 피부를 타고 엄청난 통증, 작열통(灼熱痛)과 같은 아픔이 퍼져 나간다.

그 기억은 매우 끔찍한 것이었다.

이젠 더 이상 걱정할 것이 없어졌지만.

남아 있는 기억은 여전히 적응을 위한 시간을 요구하고 있는 것 같았다.

"오믈렛, 좋아해요? 곧 박 신부님이 오실 거예요. 아침에 잠깐 통화했었거든요."

"박 신부님이?"

"현성 씨 상태를 계속 궁금해 하셨어요. 돌봐야 할 사람이 있어 아침 일찍은 못 나오신다고 했지만, 정오 즈음해서 오기로 하셨으니까. 얼마 안 남았어요."

시계는 11시 30분을 가리키고 있었다.

*   *   *

정오가 되자, 마치 시간을 재고 있었던 것처럼 초인종 소리가 울렸다.

박 신부는 사제복 차림이 아닌 평상복 차림을 하고 있었다.

흰색 면티에 청바지.

누가 봐도 편하게 차려입은 복장이었지만, 현성은 왠지 그런 박 신부가 어색해 보였다.

그에게는 왠지 검은 사제복이 잘 맞는 유니폼처럼 어울려 보였던 것이다.

"두 분 모두 괜찮아 보이니 다행이군요. 예런 씨는 어떤가요? 좋은 아침이었나요?"

"물론이죠. 감사해요, 두 분에게……."

"현성 씨의 노력 덕분이고, 또 하느님의 보살핌이죠. 이번 일로 해답이 전혀 없는 것이 아니라는 것을 알게 되었으니 다행입니다. 하지만… 이런 속도라면 모든 뱀파이어들을 구원해줄 수는 없어요. 전쟁은 끝나지 않을 겁니다."

"저기, 현성 씨."

박 신부의 말을 듣고 나자, 차예런이 조심스럽게 운을 뗐다.

박 신부는 조용히 두 사람을 살피며 차예련이 건넨 따뜻한 아메리카노를 천천히 들이켰다.

"말해 봐요."

"제가 세상을 바라보는 눈은 많은 것이 달라졌어요. 비현실적이라 생각했던 것들, 비정상이라 생각했던 것들은 이제 현실이 됐어요. 뱀파이어라는 것, 정말 소설이나 영화 속의 단어라고 생각했었으니까."

현성이 대답 대신 고개를 끄덕였다.

"제가 그 뱀파이어가 된 순간, 현실과 비현실의 벽은 무너졌어요. 눈앞에서 어떤 일이 생겨도 이상하지 않게 느껴졌죠. 그리고 어제 현성 씨의 도움을 받고 나서, 그 고통의 시간을 보낸 다음에 깨달았어요. 현성 씨, 현성 씨도 평범한 사람이 아니라는 것을요."

당연한 깨달음이었다.

차예련을 돕는 그 순간, 현성은 그녀가 자신의 정체에 대해 알게 될 것이라는 것도 생각했었다.

"평범하지 않다고 한다면, 그렇게 생각할 수도 있겠죠."

"그리고 또 느꼈어요. 현성 씨는 정말 좋은 사람이라는 것을요. 박 신부님과 함께 비정상의 정상화를 위해 노력하고 있는 사람이라는 것을요."

"비정상의 정상화라, 좋은 표현이로군요."

옆에서 커피를 들이키던 박 신부가 맞장구를 쳤다.

그녀의 비유가 꽤나 마음에 들었던 모양이었다.

"무사해서 다행이에요, 예련 씨."

"감사해요. 그리고 약속할게요. 이 모든 일은 누구에게도 알리지 않고, 또 음으로 양으로 두 분을 도울게요. 제가 도울 수 있는 일이 있다면."

"예련 씨, 한 가지 궁금한 게 있어요."

그때, 박 신부가 말을 이었다.

"말씀하세요, 신부님."

"뱀파이어가 되었을 때, 평소보다 훨씬 강화 된 신체 능력이 있었을 거예요. 시야가 넓어지고, 후각이 예민해지고, 운동 신경이 좋아졌죠. 그렇죠?"

"그랬어요. 뛰어가는 것도 마치 빨리 감기를 하듯, 순식간에 움직이는 그런 느낌이었어요. 반사 신경도 빨라졌구요. 그때 동굴에 같이 있었던 사람들도 상당했어요. 하지만 신부님과 현성 씨 앞에서는 어림없었죠. 그때만 해도 두 분의 힘을 실감하지 못했었는데."

"지금은 어때요?"

현성이 물었다.

그러자 차예련이 고개를 저었다.

"예전으로 돌아왔어요. 예민했던 후각도 원래대로 돌아왔고, 운동 신경은… 예전의 그 저질 체력 그대로죠. 평범한 사람이 되었달까, 그런 느낌이에요."

잠시나마 차예련이 자신에게 도움을 줄 특별한 존재가 되지 않을까 생각했던 현성은 그녀의 말에 고개를 끄덕이며 마음을 접었다.

아쉬운 마음도 들었지만, 생각해 보면 잘 된 일이었다.

평범한 삶을 살아가던 그녀에게 이미 많은 시련과 풍파가 스치고 지나갔다.

그녀를 더 어둡고 차가운 격랑(激浪) 속으로 다시 끌고 들어갈 필요는 없는 것이다.

"다행이에요. 앞으로 그런 악몽이 반복될 일은 없을 거예요. 이젠 예련 씨가 살고 싶은 삶을 살아요."

"……."

차예련은 무어라 말을 하려다 뜨거워지는 눈시울을 참지 못하고 눈물을 쏟아냈다.

그리고 한동안 적막이 흘렀다.

여전히 아직 잊혀지지 않은 기억들은 그녀에게는 악몽의 시간들이었다.

"그 사람들과 직접적으로 어울리진 않았지만, 이야기는 정말 많이 들었어요. 마치 무용담처럼 늘어놓기 좋아하는 사람들도 있었고… 꽤나 호기심 있게 듣는 사람들도 있었구요. 저같이 정상의 삶을 꿈꾸며 참고 또 참는 사람은 점점 줄어들고 있었죠. 희망이 없었으니까. 마치 치료약이 없는 불치병에 걸린 느낌이라고 하면 적당할까요. 자포자기를 하고, 나와 타협하고, 악마의 유혹에 손을 잡은 거죠."

잠시간의 휴식 시간을 가지고.

세 사람은 대화를 다시 이어 나갔다.

현성과 박 신부는 뱀파이어들에 대한 이야기를 듣고 싶었다.

차예련도 두 사람에게 자신이 알고 있는 모든 이야기를 전해주겠다고 했다.

"어떤 이야기들을 하던가요?"

현성이 눈빛을 빛냈다.

그녀는 간접적인 것이 아닌 직접적인 정보를 줄 수 있는 사람이었다.

중요했다.

그 어떤 이야기나 소문보다도.

"처음엔 리더도 없었고, 다들 방향성이 없었어요. 그러니까 그저 피가 끌리면 부랑자나 노인들을 사냥해서 흡혈을 하고, 배를 불리고 나면 쉬고 그런 식이었어요. 하지만 언제부터인가 사람들이 모이고 조직적으로 움직이면서, 리더가 등장하기 시작했어요. 타깃을 잡고, 계획을 세우고, 확실하게 공략하는……."

"음."

"그 당시 동굴에 있던 남자 중에 한 명도 이제 막 리더가 되려는 사람이었어요. 조만간 '그분'을 만난다고 했어요. '그분'을 만나게 되면 앞으로 우리가 나아갈 길을 알 수 있게 될 거라면서. 지속적이고 안정적으로 피를 공급받고, 원하는 능력을 마음껏 펼칠 수 있을 것이라 했어요. 죽이고 싶은 사람은 죽이고, 취하고 싶은 사람은 취하는."

"뒤를 봐주는 사람이 등장했군요. 그 사람이 누군지는 알 수 없었겠죠?"

"직접 물어볼 수도, 그럴 생각도 없었으니 물어볼 수는 없었어요. 하지만 확실한 것은 '그분'에 대한 이야기가 많은 뱀파이어들의 귀에 들어가고 있었고, 최근 뉴스 보도로도 자주 나왔던 내용들 있잖아요."

"역사나 공터, 폐 공사장 등을 전전하단 노숙자들이 마치 약속이라도 한 것처럼 급감했다는?"

매일 뉴스를 주의 깊게 보는 현성이었기에 최근의 굵직한 보도들은 하나도 남김없이 기억하고 있었다.

"네. 그게 바로 '그분'에게서 부여받은 첫 번째 플랜이라고 했어요. 정화. 그러니까 어차피 사회에서 버림받고 필요 없는 사람은 죽어도 크게 슬퍼할 사람 없다. 그러니 얼마든지 취해도 된다는. 그런 이야기를 들었었다고 했어요. 정말 경멸스럽고 역겨웠지만… 저 혼자서 이 모든 것들을 막을 수는 없었어요. 본의 아니게 방관자가 되었고, 그 점에 대해서는 너무 부끄럽고 또 아프게 생각하고 있어요."

"자책하진 말아요. 그건 예련 씨 잘못이 아니니까."

현성은 그녀를 위로했다.

그리고 이야기에 숨어 있는 '그분'의 정체에 주목했다.

이미 누군가가 뱀파이어의 쓰임새를 알게 된 것이다.

세상에서 버려진, 갈 곳 없는 그들.

그들에게 방향성과 정당성을 제공할 사람이 나타났다는 것은 보통 일이 아니었다.

"현성 씨… 한 사람이 생각나지 않습니까?"

박 신부가 운을 뗐다.

현성이 고개를 끄덕였다.

블랙.

바로 블랙 네트워크를 만들어 자신의 뜻에 동조하는 능력자들을 끌어 모으고 있었던 자.

자연스럽게 연장선상에서 이 일이 보이기 시작했다.

"예련 씨. 혹시 그 분에 대한 어떤 정보도 들은 바가 없나요?"

"안타깝게도 제가 그 이야기를 듣던 시점에는 제 동료들도 제대로 아는 것은 없었어요. 하지만 곧 만날 예정이라고는 했었으니까요. 생김새나 연락처라든가, 만남 장소라든가… 이런 건 대리인을 통해 이뤄진다고 했었어요."

"음……."

차라리 다행이었다.

그녀가 관련된 일들을 깊숙이 알고 있지 못하다는 것은, 그만큼 그녀가 정상인의 생활로 돌아왔다는 것을 아는 사람이 적다는 것을 뜻한다.

아니, 그걸 알 만한 '동료였던 사람' 들은 이미 죽었다.

현성과 박 신부에 의해.

어쨌든 배후의 인물이 있다는 것은 알았다.

예상은 했지만 이미 깊숙하게 개입해 있는 것으로 보였다.

과제가 하나 더 늘어난 것이다.

"아!"

바로 그때.

차예련이 중요한 생각이 난 듯, 두 눈을 동그랗게 뜨며 소리를 질렀다.

살짝 김 샌 기분에 표정이 굳어지고 있던 현성과 박 신부는 다시 차예련에게로 시선을 돌렸다.

"일주일 뒤. 그러니까 내일이죠. 그 얘기를 들었어요. 일주일 뒤에 수원역 일대에서 '사냥' 이 있을 거라 했어요. 노숙자들이나 부랑자, 일행이 없는 남녀 등을 노린다는 얘기죠. 그날 좀 더 정보를 줄 사람을 만난다고 했어요. 노란 머리의 남자라고 했어요. 그 사람이 대리인과 연결시켜 줄 고리를 만들어줄 거라고. 그렇게 말했었어요. 그때는 제게 중요한 얘기라고 생각 안 했었으니까, 그래서 잊어버리고 있었어요. 이제 기억이 나요."

이건 중요한 정보였다.

아주 중요했다.

'그분'과의 연결고리를 제공할 수 있는 존재가 있기 때문이다.

"좀 더 자세하게. 알고 있는 모든 것을 들려줘요. 사소한 것도 좋으니까. 뱀파이어의 모든 것을."

잠시 먹먹해져 가던 대화는 다시 술술 풀리기 시작했다.

2장
노란 머리의 남자

차예련은 많은 이야기를 들려주었다.

가끔 두서없게 정신없이 이야기를 늘어놓기는 했어도 현성과 박 신부는 자연스레 알아들었다.

. 그중에 몇 가지 충격적이면서도 한편으로 안타깝게 들었던 것은 바로 돈을 주고 피를 사는 뱀파이어들에 대한 이야기였다.

누군가의 목숨을 빼앗고 피를 취하는 방법을 원하지 않았던 자들은 암시장을 통해 정상인들이 헌혈을 통해 만들어 낸 피를 구입했다.

개중에는 아예 이런 암시장의 존재를 알고 정기적으로 피를 공급하는 정상인도 있었다.

즉, 뱀파이어와 정상인의 경계가 점점 허물어지고 있었던 것이다.

암시장에서 정상인의 피는 비싸게 팔렸다.

뱀파이어들은 피가 담긴 팩에 빨대 등을 꽂고는 마치 음료수를 마시듯 피를 들이켰다.

언뜻 보기엔 역겹게 느껴질 수도 있는 광경.

하지만 뱀파이어들은 그 피를 들이키는 것이 마치 갈증 속에서 시원한 얼음물을 마시는 것처럼, 꿀맛 같다고 했다.

암시장에 대한 소문이 퍼져 나가면서 이미 줄을 대고 있는 몇몇 조직 폭력배라든가 브로커들이 생겨났다.

확인되지 않는 소문에 의하면 지속적으로 정상인으로부터 피를 뽑아내는 '공장'도 생겨났다고 했다.

정신 지체가 있는 자들이나 장애인들을 불러 모아, 끊임없이 먹이고 피를 뽑는… 비인간적인 행위들이 자행되고 있었다는 것이다.

그 외에도 일방적으로 여자를 겁탈하고, 반항하면 뱀파이어로 만들어 버리는 남자 뱀파이어들에 대한 이야기나.

과거 자신을 괴롭히거나 상처를 주었던 남자들을 찾아가 복수하는 여자 뱀파이어들에 대한 이야기들.

들을 때마다 충격을 주는 이야기들은 계속됐다.

모든 것이 악순환이었다.

뱀파이어는 이런 형태로 계속 증식되어가고 있었고, 사람들은 평범하지 못한 세계에 하나둘 눈을 뜨고 있었다.

또 그 세계는 보이지 않는 큰 손에 의해 서서히 잠식되어가고 있었다.

"현성 씨."

"네, 예린 씨."

"현성 씨를 돕고 싶어요. 단지 보답을 해야 된다는 부담감이나 책임감으로 그런 말을 하는 건 아니에요. 부담을 주려는 것도 아니에요. 현성 씨의 곁에서 힘을 보태줄 수 있도록 기회를 주세요."

"괜찮아요. 예린 씨는 예전의 삶으로 돌아가야죠. 전 충분히 괜찮으니 걱정하지 않아도 됩니다."

"아니, 그런 게 아니에요. 당분간은… 홀로 외로이 세상 속에 남겨지고 싶지 않아서요. 현성 씨의 곁에서 일할 수 있으면 도움도 될 수 있고, 상처를 추스르는 데 도움이 될 것 같아서요. 그래서 부탁드리려고 해요. 부담이 된다면 다른 방법을 찾아볼게요. 어떤 대답을 해도 괜찮아요."

"음……."

그녀의 말도 충분히 이해가 갔다.

단 며칠만으로 상처가 치유되지는 않을 것이다.

어쩌면 그녀의 정체를 아는 다른 뱀파이어들의 타깃이 될 수도 있었다.

그렇다면 그녀를 자신이 어느 정도 보듬어줄 수 있는 영향권 안에 있게 하는 것이 낫겠다 싶었다.

그리고도 충분한 시간이 지나 아무 일이 없겠다 싶으면, 그녀의 새 출발을 적극적으로 지원해주어도 될 것이다.

"그럼 그렇게 할까요. 내가 직접적으로 만들어줄 수 있는 자리는 역시 내 매장의 일이에요. 서빙이나 주방일 같은⋯⋯."

현성이 말끝을 흐렸다.

곱디고운 손이나 그녀의 피부를 보면 왠지 거친 일은 한 번도 해보지 않았을 것 같은 느낌이었다.

"상관 없어요. 그런 것 가리지 않아요. 보기보다는 제가 억척스러운 면이 있거든요. 뭐 이를테면 양푼에다가 콩나물, 밥, 고추장 다 때려 넣고 밥주걱으로 비벼먹는다거나? 호호."

차예련이 환히 웃어보였다.

보기 좋았다.

이제야 그녀의 웃음 속에서 여유로움이 느껴졌다.

한 사람에게 정상인의 삶을 되찾아주었다는 것.

그것만으로도 현성은 뿌듯함을 느꼈다.

후속적인 조치들은 빠르게 이루어졌다.

현성은 그 날로 자신의 매장, '따뜻한 뚝배기 한 그릇' 매장에서 그녀가 일할 수 있도록 자리를 마련해 주었다.

그녀의 등장은 함께 일하던 상화나 다른 아르바이트생들에게도 신선한 충격과 활력을 불어넣어주었다.

남자들과 나이 든 아주머니밖에 없던 일터에 우월한 외모에 몸매를 가진 젊은 여성 하나가 추가되자, 전보다 두 세 배 이상으로 뜨거운 활기가 돌았다.

한편 현성과 박 신부는 차예련의 말을 토대로 수원역에서 있을 것으로 예상되는 뱀파이어들의 '사냥'을 기다리기로 했다.

*　　　*　　　*

"이거, 오빠 차야?"

"후후, 물론이지. 왜, 느낌이 다른가?"

"응, 정말 다른 것 같아. 오빠, 우리 오늘 처음 봤잖아. 근데 오래전부터 알고 지냈던 것 같지 않아? 난 오빠가 정말 마음에 드는데 말야."

아직 봄이지만 쌀쌀한 날씨.

하지만 양껏 치장을 하고 스모키한 화장으로 외모를 꾸민 여인은 오늘 처음 나이트클럽에서 만난 멋진 남자의 차를 탄 채, 거리를 활보하고 있었다.

오픈카.

운전석에 타고 있는 멋진 남자.

그리고 옆에 앉아 있는 자신.

여인은 자신의 가치가 드디어 빛을 발할 때가 온 것이라 생각했다.

여자는 외모다.

이래저래 속물이니 뭐니 얘기 한다고 해도, 결국 미인에게는 그만한 능력을 가진 남자가 꼬이게 마련 아니겠는가?

오늘 처음 본 남자지만 이야기도 잘 통했고, 잘 생겼고, 돈도 많아 보였다.

삼위일체.

어느 것 하나 부족해 보이는 것이 없었다.

부우우웅!

남자는 한참을 말없이 엑셀을 밟았다.

여자는 콧노래를 부르며 창밖을 보았다.

별다른 의심이나 거리낌은 없었다.

하지만 그렇게 십 분이 지났을까?

점점 시내를 벗어나, 오고가는 차들마저 한적한 곳으로 접어들기 시작하자 여자의 표정이 점점 굳기 시작했다.

"오빠."

"응?"

"어디로 가는 거야?"

"드라이브 하러."

"그… 그래? 근데 여긴 너무 으슥한데… 어디 좋은 데 봐둔 곳이라도 있어?"

술기운이긴 했어도 정신이 아예 없는 것은 아니었다.

여자는 남자가 사람들의 시선이 적은 모텔이나 그런 곳으로 이동하는 것이라 생각했다.

원나잇, 나쁘게 생각하지 않는 그녀였다.

솔직하게 너랑 자고 싶다—라고 말한다면 그럴 생각도 있었다.

"어디보자……."

여자의 말이 끝나자, 남자가 좌우를 두리번거리며 살폈다.

신호등만 깜빡이는 거리.

이제 막 두 대의 택시가 옆을 스쳐 지나갔고, 사방에는 적막이 감돌았다.

저 멀리 또 다른 시내가 보이긴 했다.

3분 정도를 달리면 될 것 같은 거리.

여자는 남자가 다른 번화가로 자신을 데려가고 있는 것이라 생각했다.

푹!

"……!"

바로 그때.

여자는 자신의 왼쪽 가슴을 파고드는 차가운 금속의 느낌에 시선을 내렸다.

그 순간은 아무런 느낌도 들지 않았다.

단지 묵직한 무언가가 가슴을 눌렀고, 이내 단단해지는 것 같은 느낌.

턱!

"읍……!"

여자의 시선에 들어온 것은 왼쪽 가슴에 깊숙하게 박힌 단도 한 자루였다.

동시에 남자가 무표정한 얼굴로 자신의 목을 움켜쥐는 것이 보였다.

아무 말도 할 수 없었다.

그리고.

푸슈슈슈슈슉!

상처를 비집고 심장 속의 뜨거운 피가 솟구쳐 나오기 시작했다.

엄청난 고통이 느껴졌다.

하지만 점점 시야가 아른해져 갔다.

움켜쥔 목 때문에 숨조차 쉴 수 없었다.

"맛있겠군."

푸욱!

"……!"

남자가 망설일 것 없이 바로 여자의 왼쪽 가슴팍에 어느새 드러낸 날카로운 송곳니를 들이박았다.

츄릅─ 츄릅─ 츄릅─

게걸스러운 흡혈이 시작됐다.

여자는 자신이 죽어가고 있다는 사실을 인지할 새도 없이 갑작스레 빨려버린 피로 인한 쇼크로 기절해 버렸다.

꿀꺽─ 꿀꺽─

남자의 굵은 목을 타고 뜨거운 피가 흘러내렸다.

남자는 파란불로 바뀐 신호에도 아랑곳 않고 여자의 피를 쉴 새 없이 들이켰다.

그렇게 시간이 흐르길 2분 여.

방금 전까지 곱디고운 우윳빛의 피부를 가지고 있던 여인은 어느새 말라비틀어진 고목(枯木)처럼 변해버렸다.

"후. 맛은 좋은 것 같은데."

스르륵! 획!

남자는 한 손으로 너덜너덜해진 여자의 몸을 들어서는 저 멀리 보이는 길가 옆의 논밭으로 던져버렸다.

피를 거의 모두 빨린 탓인지 여자의 몸은 옷가지와 뒤섞여 마치 천쪼가리가 버려지듯 지면을 나뒹굴었다.

"그럼 다시 돌아가 볼까. 식사는 얼추 끝났으니. 판을 깔아 줄 때가 된 것 같군."

남자가 머리에 쓰고 있던 비니를 벗어던졌다.

그러자 샛노란 머리가 선명히 드러났다.

남자의 표정은 여유만만이었다.

차 여기저기에 튀어버린 여자의 피는 미리 준비해둔 수건으로 쓱쓱 닦아냈다.

"쩝. 쩝."

남자는 여자의 몸이라 충분치 못했던 피의 양이 아쉬웠는지 연신 입맛을 다셨다.

부우우우웅!

이내 방향을 바꾼 스포츠카가 어둠을 뚫고 왔던 길을 되돌아가기 시작했다.

한 사람이 죽어버린 자리.

하지만 어느 누구도 그 사실을 아는 사람은 없었다.

＊　　　＊　　　＊

"최적의 장소는 이 근방이 되겠군요. 제가 놈들이어도 이 근처를 핫플레이스로 생각하겠어요."

"오늘은 반드시 꼬리를 밟아볼 생각입니다. 아직까지도 확정적인 단서를 쥐고 있지 못하니까. 여전히 묘연한 실체만 쫓고 있구요."

"저도 오늘은 단단히 각오를 하고 나왔습니다."

박 신부가 옆에 놓인 빅백으로 시선을 돌렸다.

가방에는 은탄과 은사가 넉넉히 챙겨져 있었다.

난타전 중에 혹시나 회수하지 못할 수도 있는 은화살이 걱정됐는지, 화살의 양은 많지 않았다.

차예련을 대했던 것과는 달리, 현성은 오늘 조우하게 될 뱀파이어들에게는 인정을 두지 않을 생각이었다.

'사냥'을 위해 만들어진 자리.

불가피한 것이라 할지라도 현성은 아무렇지 않게 평범한 일반인들을 죽이고, 원치 않는 고통을 주는 것을 용납하고 싶지 않았다.

현성과 박 신부는 수원역 외곽의 폐 공사장 터에서 주변을 살피고 있었다.

아무리 대담한 놈들이라고는 해도 역 근처에서 일을 벌일 것 같지는 않았다.

그리고 이 근처가 그나마 날이 따뜻해지면서 노숙자들이 어둠을 벗 삼아 몰리고, 밤길에 술 취한 사람들이 오고 가는 자리이기도 했다.

음습하고 음침한 만큼, 비행 청소년이나 건달들이 주로 출몰하는 곳이기도 했다.

'정화' 운운하는 뱀파이어들에게 어쩌면 이들은 좋은 사냥감임과 동시에 명분을 제공하는 타깃이기도 하리라.

휘이이이.

스산한 바람이 불었다.

현성과 박 신부는 다시 어둠 속으로 몸을 숨겼다.

일반인의 피해는 없어야 한다.

일이 벌어지고 난 뒤의 개입이 아닌, 일이 벌어지기 전의
개입을 생각하고 있었다.

현성은 이 혼란의 틈 사이에서 혹시나 전혀 관련 없는 사람
이 목숨을 잃는 일이 없도록 하기 위해, 모든 정신을 주변의
움직임에 집중하고 있었다.

"그분은 언제 뵐 수 있는 겁니까?"

"궁금해?"

"예, 궁금합니다. 그분은 어떤 분입니까?"

"우리가 나아갈 방향을 알려주시는 분이다. 우리의 이 특
별한 능력을 맘껏 쓸 수도 있고, 어떤 책임을 지지 않아도 되
지. 피? 걱정할 필요도 없어. 여자? 원하는 대로 취하면 돼.
물론 우리에겐 여자보다는 피가 더 중요하지, 그렇지?"

"예, 그렇습니다!"

"오늘의 타깃은 여기다. 다 쓸어버려! 실력 발휘들 해보라
고. 그중에 쓸 만하겠다 싶으면 알아서 내가 선별을 해갈 테
니까 말야."

"오오!"

노란 머리의 남자의 뒤에는 이십 여명의 남자들이 따르고
있었다.

언뜻 보기엔 일반 사람과 다를 게 없어 보이는 사람들.

하지만 어딘가 어색했다.

음침한 눈빛, 얼굴 전체에 짙게 깔린 어둠.

잔뜩 굶주린 듯한 스무 남자들의 눈빛은 이곳저곳을 탐욕스럽게 훑고 있었다.

지나다니는 차는 거의 없었다.

가끔 몇 대의 택시가 지나가곤 했지만, 가로등마저 꺼져 없어져 버린 이 거리는 달빛을 빼고는 그 어떤 불빛도 없었다.

저 멀리 한참을 가야만 나오는 가로등에서 새어 나오는 불빛이 고작이었다.

"자, 시작들 해볼까!"

노란 머리의 남자가 소리쳤다.

스스스스슥!

노란 머리 남자의 말이 끝나기가 무섭게 다른 뱀파이어들이 빠르게 어둠 속으로 사라져 갔다.

바로 그때.

시이이이잉! 푸슉!

"억."

바람을 가르며 날아온 무언가가 선두에서 달려 나가던 뱀파이어의 관자놀이를 뚫었다.

이마 양 옆에서 느껴지는 시원한 느낌과 동시에 눈앞의 시야가 눈 녹듯 허물어졌다.

털썩.

쓰러진 뱀파이어는 다시 일어나지 못했다.

"뭐, 뭐야?"

어둠 속에서 순식간에 벌어진 일.

갑작스런 일에 뱀파이어들은 꽤나 당황한 눈치였다.

푸슉! 푸슉! 푸슉!

"컥!"

"끄억!"

"어억."

눈 깜짝할 사이에 셋이 더 나가 떨어졌다.

각자 가슴을 움켜쥐거나, 얼굴 언저리를 움켜쥐고는 앞으로 고꾸라졌다.

그때, 뱀파이어 중 하나가 쓰러진 동료의 얼굴에 박힌 은탄을 보고는 소리쳤다.

"헌터다!"

헌터.

두 글자의 단어만으로도 뱀파이어들을 소름끼치게 만드는 그 이름.

바로 박 신부의 이름이었다.

동시에 모든 뱀파이어들의 분노와 복수를 불러일으키는 대상이기도 했다.

가장 살기 어린 눈빛을 뿜어낸 것은 노란 머리의 남자였다.

이유는 간단했다.

'그분'이 가장 싫어하는 첫 번째 대상이 바로 헌터, 박 신부였기 때문이다.

"하하하, 이쪽이다! 어때, 직접 보니까 오금이 저리지들 않나?"

박 신부가 힘껏 소리쳤다.

원래 타깃은 노숙자들과 부랑자들이었지만, 목표가 바뀌었다.

박 신부는 뱀파이어들에게는 월척이었다.

쉽게 말하자면 '그분'의 인정을 받을 수 있는 가장 좋은 징표이기도 했다.

박 신부의 목숨을 취할 수만 있다면?

그에 대한 보상도 상당할 터였다.

"어떻게 할까요?"

"뭘 어떻게 해! 죽여! 지금 헌터 말고도 더 중요한 게 있나?"

옆에 있던 뱀파이어의 물음에 노란 머리의 남자가 박 신부를 가리키며 외쳤다.

하지만 먼저 나서지는 않았다.

헌터가 지금까지 불멸 불사의 존재로 불리고 있는 것은 그특유의 기민함과 허를 찌르는 공격, 그리고 이곳저곳에 파놓는 함정들 때문이었다.

아니나 다를까.

그런 남자의 걱정이 채 끝을 맺기도 전에 희생자가 나왔다.

사아아아악.

"어?"

박 신부에 대한 정보가 부족했던 뱀파이어 셋이 첫 번째 희생 '무리'가 됐다.

전력을 다해 질주하던 그들은 박 신부가 만들어 놓은 트랩에 걸려들었다.

육안으로 봐도 잘 보이지 않는 날카로운 은사.

그 은사들이 어둠에 가려진 상태로 중요한 길목마다 설치되어 있었던 것이다.

"이런."

최전방에서 달려 나가던 세 명의 뱀파이어는 저마다 기괴한 광경을 마주했다.

하나는 올곧게 보이던 전방의 시야가 사선으로 갈라지더니 이내 바닥으로 고꾸라졌다.

다른 하나는 앞으로 달려 나가야 하는 두 다리에 힘이 실리지 않았다. 허리가 잘려나간 것이다.

남은 하나는 정확히 코 위의 머리 부분이 예리하게 잘려져 나가 본인이 죽었다는 사실조차 인지하지 못했다.

뱀파이어들에게 다행인 것은 기세 좋게 달려 나가던 놈들이 흩뿌린 피 덕분에 다른 은사들의 위치가 드러났다는 것이다.

핏물이 묻어버린 은사는 충분히 뱀파이어들의 시야에도

들어왔다.

"자, 죽여 버리자고! 헌터는 한 명이야!"

아직 남은 뱀파이어의 수는 열 넷.

그들의 기세는 꺾이지 않았다.

"쫓아! 쫓아가자!"

"후후후, 어디 열심히 쫓아봐라, 이놈들아!"

후웅! 후웅!

"이젠 어림없을걸?"

박 신부가 날린 은탄이 허무하게 허공을 가르자, 뱀파이어들의 사기는 더욱 올랐다.

"슬슬 내뺄 시간이 된 것 같군."

박 신부가 머리를 긁적였다.

그리고는 뒤도 돌아보지 않고 전력으로 질주하기 시작했다.

뱀파이어들이 그 뒤를 쫓는 것은 두말할 나위도 없었다.

박 신부는 폐 공사장의 입구로 들어서서는 계단을 따라 전속력으로 달렸다.

최대한 멀리.

'목표물'에게서 일행들을 떼어내는 것이 원래의 계획이었기 때문이다.

3장
중요한 단서

"후, 재수가 없을라니깐……."

치이익.

노란 머리의 남자가 담배 하나를 꺼내 입에 물고는 불을 붙였다.

남자의 이름은 김성일이었다.

그도 처음부터 이런 삶을 살았던 것은 아니었다.

그가 뱀파이어가 된 것은 우연히 나이트클럽에서 만난 여자 때문이었다.

첫 만남에 눈이 맞은 그녀와 하룻밤을 보낸 것까지는 좋았다. 격정적인 섹스를 하고, 그러는 도중에 그녀가 자신의 목덜미를 깨물었을 때만 해도.

그저 절정에 이르러 보인 그녀의 모습일 뿐일 거라 생각했다.

그녀에게 피를 빨렸다는 사실조차 알지 못했다.

하지만 그날 이후, 그는 햇빛을 온전히 볼 수 없었다.

자신도 모르는 새에 그동안 살아왔던 모든 삶이 무너져버린 것이다.

경험해 본 적 없는 새로운 삶에 그는 많은 방황을 했다.

하나 시간이 지나면서 그는 점점 달라졌다.

그에게 주어진 새로운 능력에 눈을 뜬 것이다.

하루하루가 신기한 날들의 연속이었다.

애초부터 운동신경이 좋았던 김성일은 이를 밑바탕으로 이용해, 신나게 '먹잇감' 들을 사냥했다.

동료들의 인정도 받았다.

운이 좋았는지 그 유명세를 따라 '그분' 도 만났다.

'그분' 은 자신을 지지하고 믿어주었다.

능력을 마음껏 펼쳐보라고 했다.

정당성도 부여해 주었다.

이미 사회에서도 가족들도 버린 부랑자나 노숙자들.

그리고 존재 자체만으로도 사회를 좀먹는 비행 청소년이나 조폭, 건달들.

이런 자들은 죽는다고 해서 슬퍼할 사람도 없었다.

오히려 반길 것이다.

김성일은 '그분'의 인정을 받기 위해 더욱 활발하게 움직였다.

그리고 꽤 많은 인재들을 발굴해내기도 했다.

오늘 이 자리도 쓸 만한 놈들을 선별해내기 위한 자리였다.

"네놈이었군."

"……?"

바로 그때.

등 뒤에서 목소리가 들려왔다.

전혀 기척조차 느끼지 못했다.

한데 누군가가 자신도 모르는 새에 바로 뒤까지 도달해 있었던 모양이었다.

너무 갑작스럽게 들려온 목소리로 몸이 반응할 새도 없었다.

빠지지지직!

"끄아아악!"

등골을 타고 오싹한 느낌이 솟구쳐 오르는 그 순간!

김성일의 등판을 타고 엄청난 전류의 파장이 전신으로 퍼져 나갔다.

뻐어억!

"으컥!"

연이어 주먹 연타가 이어졌다.

현성의 기습은 성공이었다.

인비저블 마법과 클린 마법의 조화였다.

인비저블 마법은 현성의 모습을 숨겨 보이지 않게 했고, 클린 마법은 채취를 사라지게 했다.

뱀파이어 특유의 예민한 후각과 시각의 장점을 무력화시킨 것이다.

퍽! 퍽! 퍽! 퍽!

현성은 김성일이 고개를 돌릴 새도 없이 그대로 강력하게 밀어붙였다.

상대의 얼굴이라도 보고 싶었지만 그럴 새가 없었다.

김성일은 자신이 어떻게 손을 써볼 수조차 없는 상대의 일방적인 공격에 매우 당황했다.

이런 적은 처음이었다.

항상 일방적으로 목표물을 유린하는 위치에 있었던 자신이었다.

"이 새끼……!"

김성일이 욕지거리를 내뱉으며 고개를 돌렸다.

어떤 놈이 대담하게 자신의 뒤를 기습한 걸까.

이 손끝에 목이라도 움켜쥐어지는 날에는 고통스럽게 끝을 보게 해줄 생각이었다.

파앗—

하지만 김성일이 시선을 돌린 자리에는 아무도 없었다.

그리고.

"오늘 지옥이 뭔지 확실하게 경험하게 해주지."

다시 등 뒤에서 목소리가 들려왔다.

이쯤 되자 김성일도 당황의 수준을 지나 두려움이 엄습해 오기 시작했다.

화르르르륵.

"크아아악!"

그 순간, 김성일의 몸에서 불길이 치솟았다.

이그나이트.

현성의 발화 마법이었다.

이를 알 리 없는 김성일은 갑자기 자신의 몸에서 불길이 일자 냉정함을 잃고 날뛰기 시작했다.

엄청난 고통이었다.

현성은 쉬지 않았다.

매직 미사일.

윈드 스피어.

라이트닝 스트라이크.

퍼부을 수 있는 모든 마법 공격을 일거에 퍼부었다.

효과는 확실했다.

제아무리 뛰어난 능력을 가진 김성일이라고 해도 현성에 의해 일방적으로 시작됐고, 일방적으로 전개된 전투에는 속수무책이었다.

몸을 추스를 새도 없이 연이은 공격에 넉다운이 된 김성일은 바닥에 고꾸라진 채 일어날 줄을 몰랐다.

"너."

후욱!

"컥."

현성이 바닥에 널브러진 김성일의 멱살을 움켜쥐고, 고개를 들어 올렸다.

"살고 싶나?"

현성의 눈빛은 경멸 어린 시선과 살기를 띤 채로 김성일을 보고 있었다.

김성일은 태어나서 처음으로 죽음에 대한 공포를 느꼈다.

이렇게 죽는 것인가 싶었다.

치욕스러우면서도 한편으로는 잠시 상대의 시선을 다른 곳으로 돌린 뒤, 기습이라도 해보면 어떨까 하는 생각이 들었다.

하지만 그 생각은 단숨에 끝이 났다.

퍼억! 퍼억! 퍽!

"컥! 커억! 큭!"

현성의 주먹이 연이어 세 번을 얼굴 위로 내리 꽂히자, 김성일의 많은 생각들은 하나로 통일됐다.

눈앞의 상대는 자신이 어떻게 해볼 도리조차 없다는 것.

김성일은 빠르게 마음을 접었다.

"아, 알겠으니 제발……."

"남은 이야기는 눈을 뜨고 나면 이어가기로 하지."

"……?"

사실상의 항복 선언.

하지만 현성의 대답은 의미가 묘했다.

그런 현성의 대답의 뜻을 가늠하려는 찰나.

뻐어어억!

현성의 주먹이 다시 한 번 내려꽂혔다.

그리고 김성일의 시선도, 시야도 모두 짙은 암흑 속으로 빠져 버렸다.

* * *

약속 된 움직임이 시작됐다.

박 신부는 건물을 효과적으로 이용하며, 자신의 뒤를 쫓는 뱀파이어들의 약을 올렸다.

자신에게 정신이 팔려 놈들이 속력을 낼라 치면, 이동할 만한 경로에 은사를 설치했다.

아주 오랜 기간 은사를 사용해 왔던 박 신부에게 이런 것은 식은 죽 먹기보다도 쉬운 일이었다.

이런 식으로 점점 동료의 숫자가 줄어가기 시작하자 뱀파이어들도 쉬이 박 신부의 뒤를 쫓지 못했다.

헌터는 헌터였다.

처음에는 헌터라고 해도 결국 사람일 뿐이야—라고 생각했던 뱀파이어들도 생각이 바뀌기 시작했다.

괜한 오기를 부리는 것은 앞서 쓰러져 버린 다른 동료들의 뒤를 따르는 것이나 다름없었다.

"적당히 겁만 주고 빠지는 게 어때. 생각해 보니 그 사람도 보이지 않고 말이야……."

뱀파이어 중 하나가 말했다.

동료들이 고깃덩이가 되어 쓰러져 나가는 것을 본 탓인지 표정에는 두려움이 역력해 보였다.

애초에 노숙자들을 상대로 한 일방적인 유린과 맛 좋은 식사를 기대했던 그는 이런 전투는 원하지 않았다.

상대가 일반인이 아닌 악명 높은 헌터가 아닌가.

굳이 목숨을 걸고 싸울 이유가 없었다.

"너무 무리했나."

저마다 고개를 끄덕이고 있었다.

아직 남은 수는 아홉.

도망친다면 충분히 도망칠 수 있었다.

끼리리릭— 푸슉!

"끅."

"한 놈 더 갔다."

그러는 사이 박 신부가 날린 은화살에 뱀파이어 하나가 또 다시 고꾸라졌다.

이마 한 가운데에 꽂혀버린 은화살.

뱀파이어의 몸은 빠르게 한 줌의 재로 변해갔다.

"시발, 튀자!"

포기는 빨랐다.

여덟의 뱀파이어들은 빠르게 계단을 따라 건물 아래로 내달리기 시작했다.

하지만 아쉽게도 그들의 운명은 그리 좋지 못했다.

스팟—!

파공음과 함께 그들의 사이에서 나타난 것은 현성이었다.

블링크 마법을 이용한 것이다.

꽈악!

"어?"

"아!"

순식간에 현성의 양 손이 두 뱀파이어의 목덜미를 낚아챘다.

마나 건틀릿에 의해 강화된 양손의 힘은 두 장정의 목을 어렵지 않게 움켜쥐었다.

그리고.

"으아아아아아!"

현성이 힘껏 힘을 실어 내던지자, 어찌할 새도 없이 두 뱀파이어의 몸이 허공을 가르며 그대로 지면을 향해 추락하기 시작했다.

제아무리 운동 신경과 반사 신경이 좋아졌다고 해도, 기반은 인체일 뿐이었다.

와드드드득!

빠각!

떨어진 두 뱀파이어가 기괴한 소리와 함께 몸 여기저기가 뒤틀려진 채로 그 자리에서 즉사했다.

남은 수는 여섯.

탕!

박 신부의 총성 한번에 생존 뱀파이어의 수는 다섯이 됐다.

김성일이 나가떨어진 판에 남은 뱀파이어들도 현성의 상대가 되지 못했다.

이미 전의를 상실하고, 그 자리를 두려움이 가득 채운 뱀파이어들에게는 싸울 의지조차 없었다.

그들은 도망치고 또 도망쳤다.

하지만 블링크와 헤이스트 마법으로 연이어 따라붙은 현성을 떼어낼 수는 없었다.

그리고 얼마 뒤.

"하……."

바닥에 쓰러진 마지막 뱀파이어 하나가 원망스런 표정으로 현성을 바라보았다.

눈가에는 눈물이 가득했다.

후회 가득한 눈빛.

뒤늦은 뉘우침이라도 하는 것일까.

현성은 말없이 그를 내려다보았다.

말 못할 사연은 그 누구에게라도 있는 것이다.

이미 돌이킬 수 없는 악순환의 고리에 발을 들여놓았다면, 설령 이유가 있는 것이라 할지라도 현성은 도움을 주고 싶지 않았다.

현성이 차예련을 도왔던 것은 그녀가 필사적으로 자신의 이성을 붙잡고, 잘못된 길로 빠지지 않기 위해 혼신의 힘을 다 했기 때문이었다.

하지만 이들은 결국 타협했다.

지금 이 자리에 있는 것만으로도 최후를 맞이하게 할 이유는 충분했다.

푸욱!

"……!"

현성이 잠시 생각에 잠긴 것을 느낀 것일까?

박 신부가 들고 있던 은침을 망설임 없이 쓰러진 뱀파이어의 정수리 사이로 밀어 넣었다.

그러자 한줄기 바람이 일며, 마지막 뱀파이어 역시 검붉은 가루가 되어 산산이 흩어졌다.

*　　　*　　　*

미리 봐둔 공터로 김성일을 데려간 현성과 박 신부는 그가 깨어나자, 집중적으로 추궁하기 시작했다.

그는 자신의 배후, 그러니까 윗선을 알고 있는 인물이었다.

현성은 지금까지 뜬구름 잡듯 알고는 있지만 실체에 다가갈 수 없었던 인물을 붙잡고 싶었다.

박 신부도 놀랄 만큼, 현성은 집요하게 김성일에게 배후를 물었다.

그가 미적지근한 대답으로 일관하면 여지없이 주먹을 내리쳤다.

사방으로 피가 튀었고, 김성일의 얼굴은 반쯤 걸레가 되다시피 갈기갈기 찢어졌다.

처음에는 모르쇠로 일관하던 김성일도 더 이상 버틸 재간이 없다고 생각했는지 천천히 입을 열기 시작했다.

"연락은… 선불 전화로 제게 오기 때문에 그쪽의 연락처는 알지 못해… 하지만 매주 금요일에 전화가 오니까 달리 번호를 달라고 하고 싶은 생각도 없었지……."

"본거지가 어디지? 그분이라는 놈은 어디에 있지?"

"그분은 상당히 치밀한 사람이야… 정해준 장소에서 우리를 만났지, 자기가 있는 곳에 우리를 불러온 적은 없었어……. 단 한 번도."

"금요일이면 오늘인데."

"아직… 전화가 오지 않았어. 오늘 일이 끝날 즈음에 연락을 받을 것으로 예상을 했으니……"

드르르르륵— 드르르르륵—

바로 그때.

김성일의 오른쪽 바지주머니 속에서 핸드폰 진동이 울렸다.

현성은 옆에서 지켜보고 있던 박 신부의 가방 속에서 은화살 하나를 꺼냈다.

그리고 김성일의 관자놀이 사이에 화살 끝을 겨누고는 말했다.

"받아. 스피커폰 모드로 하고. 늘상 하던 대로 평범하게 이야기를 주고받아."

"크… 제발 목숨만은."

"시키는 대로만 해!"

현성은 강하게 김성일을 밀어 붙였다.

좀처럼 현성이 보인 적 없는 위압적인 모습이었다.

박 신부는 상황에 맞게 적절한 대처를 하는 것이라 생각했다.

"여보세요."

김성일이 전화를 받았다.

넝마가 된 얼굴은 참담하기 그지없었지만, 그 와중에도 목소리는 평상시와 같았다.

목숨이라도 부지하기 위해선 현성의 말에 적극 협조해야 한다는 사실을 잘 알고 있었기 때문이다.

─정리는?

"끝났습니다."

수화기 너머의 목소리는 차분한 음성으로 대화를 이어가고 있었다.

다만 이질감이 느껴졌다.

마치 음성을 변조한 것 같은 느낌이었다.

─쓸 만한 놈은?

"없었습니다. 실속이… 없었습니다."

─놈들은 어떻게 처리했나? 괜한 소문이 퍼지는 것은 원치 않는데.

"모두 제거했습니다. 나중에 귀찮은 일이 생기시진 않을 겁니다."

─그래도 수가 좀 되었을 텐데 말이야. 사실 크게 상관없기는 하지만. 뒤처리를 잘 했다니 신경 많이 쓴 모양이군.

"예."

─2주 뒤. 항상 보던 그 곳에서 보도록 하지. 이번에는 인사할 사람들이 좀 있을 거야. 앞으로 일을 오랫동안 해 나갈 동료들 말이야.

"2주 뒤… 금요일 말씀이십니까?"

─그래. 그럼 그때 다시 연락하지.

뚝―

전화는 일방적으로 끊겼다.

잠깐의 통화였지만 현성은 그동안 '그분'의 지시를 통해 김성일이 얼마나 많은 살상을 해왔는지 짐작할 수 있었다.

더 나아가 동류들 중에서도 쓸 만한 능력이 없다고 판단되면 괜한 소문이 퍼지기 전에 싹을 자르기도 했던 모양이었다.

"그곳이 어디지?"

현성이 김성일의 목젖 바로 앞까지 은화살을 밀어 넣고 물었다.

은화살촉의 끝이 이미 목젖을 살짝 누르고 있었다.

여기서 현성이 조금만 더 힘을 주면 상처가 날 것이고, 상처를 따라 치유될 수 없는 은(銀)의 기운이 몸 전체를 감싸게 되리라.

"신도림. 그러니까 신도림 역에 가면 세영 아크로 타워라는 건물이 있어. 그 건물의 15층 위로는 전부 공실인데 16층 로비로 가면 17층이 아닌 16.5층으로 향하는 비밀 계단이 하나 있지. 엘리베이터나 일반 비상계단으로는 갈 수 없는 곳이… 거기가 비밀 회합 장소지."

"들어가는 데 필요한 것이라든가 준비할 것들은?"

"없어… 다만 엘리베이터는 15층 위로는 올라가지지 않도록 되어 있고, 15층부터는 보이지 않게 다들 경계를 서고 있으니 그 누구의 눈에도 띄지 않고 들어가는 건 힘들……."

푸욱!

그 순간 현성이 들고 있던 은화살이 그대로 김성일의 목젖을 관통해 뒤통수로 빠져나왔다.

김성일은 자신의 말을 채 끝맺기도 전에 허연 눈동자를 드러내며 즉사(卽死)해 버렸다.

이내 김성일의 몸도 앞서 떠난 다른 뱀파이어들의 최후처럼 한 줌의 재로 흩어져 사라져 버렸다.

*   *   *

부우우웅!

집으로 향하는 길.

박 신부가 운전대를 잡고 현성은 그 옆에서 스마트폰을 이용해 세영 아크로 타워의 위치를 찾았다.

김성일의 말대로 신도림역 근처에 신축된 이 건물은 아래층부터 점점 입주하고 있어 15층 위로는 아직 들어선 업체들이 없었다.

"오래된 전쟁이지만, 이젠 뭔가 조직적으로 움직이는 놈들을 상대해야 한다는 생각이 드니 먹먹하기도 하군요."

박 신부가 먼저 운을 뗐다.

현성은 대답 대신 고개를 끄덕였다.

그리고는 잠시 생각에 잠긴 듯 창밖으로 바라보더니, 다시 말을 이었다.

"항상 머리는 나쁜 쪽으로 먼저 굴려지기 마련이고. 항상 경찰은 도둑이 일을 벌인 다음에 뒤를 쫓기 시작하죠. 그렇지 않기를 바라지만, 항상 그렇게 벌어지는 일들입니다. 이대로 손을 쓰지 않고 시간이 지나버리면, 그때는 암묵적으로 지켜져 왔던 현실과 비현실의 경계가 무너질 겁니다."

현성이 인상을 찌푸렸다.

한편으론 마치 영화 속의 한 장면 같다는 생각도 들었다.

자신의 존재마저도 비밀로 하고 싶은 주인공.

하지만 세상에 공공연하게 자신의 능력을 뽐내며, 주인공을 도발하는 악당들.

이야기의 끝은 주인공의 승리와 해피엔딩으로 끝나곤 하지만, 영화는 영화고 현실은 현실이었다.

블랙 네트워크와 뱀파이어들의 새로운 연결고리들만 봐도… 이미 상대는 긴밀하고 빠르게 움직이고 있었다.

"후."

현성이 자신도 모르게 한숨을 쏟아냈다.

"너무 부담 갖지 말아요, 현성 씨. 차근차근 하나하나 바로잡아 나가는 겁니다. 세상이 한순간에 무너지지 않듯이, 한순간에 바로잡아지는 것도 아닙니다. 길게, 그리고 멀리 보세요. 한번에 모든 것을 원점으로 되돌리려 하면, 막막하고 먹먹할 따름이죠. 힘을 냅시다."

박 신부가 현성의 어깨를 툭툭 쳐주었다.

별것 아닌 그의 제스처였지만 현성은 괜시리 마음이 뻥 뚫리는 느낌이 들었다.

급할수록 돌아가라 했던가.

지금은 이성적인 생각과 냉정한 마음으로 현실을 직시할 때였다.

그리고.

언젠가 찾아올 기회를 노리는 것이다.

4장

예고 살인

김성일이 약속받았던 만남의 날까지는 아직 2주가 남아 있었다.

현성은 날이 밝자마자 다시 원래의 생업으로 돌아왔다.

다행인 것은 따뜻한 뚝배기 한 그릇, 그리고 오인오색 매장의 운영은 연일 순탄대로를 걷고 있다는 점이었다.

매월 말에 매출 실적을 계산할 때마다 전월 기록을 새로이 갱신하고 있었다.

분점들의 실적은 오히려 본점보다 더 상승폭이 높아 분점의 점주들과 현성이 놀랄 정도였다.

그러다 보니 수많은 프랜차이즈 오픈 문의가 현성에게 쇄도했다.

하지만 현성은 완곡하게 그 요청을 거절했다.

딱 지금까지가 현성이 완벽하게 컨트롤할 수 있는 최대의 범위였다.

마음 놓고 이 사업에만 전념한다면 진작에 더 늘렸을 프랜차이즈 매장들이겠지만, 현성에게는 사업 외에도 해야 할 일들이 많았다.

게다가 원활하게 맛깔난 재료들과 양념을 공급하기 위해서는 어쨌든 매일 고정적으로 매혹 마법과 클린 마법을 이용해 원료들을 제작하는 시간을 가져야 했다.

여기서 규모가 커져버리면, 그때는 자신이 움직이고 싶어도 그럴 수 없을 것 같았다.

그리고 단지 이름만 빌려주고 맛이 보증되지 않는 분점을 여는 것은 현성 본인이 싫어하는 일이었다.

소위 몇몇 연예인들이 맛조차 제대로 보지 않고 이름만 팔아, 그 이름만 보고 주문한 수많은 소비자들의 뒤통수를 치는 것을 보며 분노를 금치 못했던 현성이었다.

현성은 자신의 양심을 파는 일은 하고 싶지 않았다.

만약 부모님이 살아 계셨더라도, 맛을 최우선으로 하면 했지 돈을 우선시하지는 않으셨을 터였다.

수원역 인근의 한적한 대로변에서 발견된 20대 초반 여성의 시신은 체액이 모두 빨려나간, 그야말로 피부 껍질만 남은 그런 시신이었습니다. 경찰은 관계 당국에 해당 시신의 부검을 의뢰했고, 경찰은 당일 주변의 교통 CCTV를 중심으로 용의자의 행방을 집중 수색하고 있습니다.

한편 인근의 폐 공사장 일대에서 대규모 폭행이 벌어지고 있는 것 같다는 한 목격자의 제보를 받고 경찰이 출동했지만, 현장에서는 아무것도 발견되지 않았습니다. 다만 다수의 목격자가 비슷한 현장을 확인하고 신고한 것으로 미루어볼 때, 확인되지 않는 현장이 있었을 것으로 판단하고 수사망을 넓혀가고 있습니다.

매장에 출근한 현성이 티비를 틀자, 뉴스가 어제 있었던 사건을 보도하고 있었다.

후자의 소식은 어제 현성과 박 신부가 벌였던 일을 보도하는 내용이었다.

전자는 현성이 놓친 그 전의 일이 있었던 모양이었다.

체액이 빨려나갔다.

그렇다면 두말할 나위도 없이 뱀파이어의 소행이었을 터.

결국 이렇게 피해자가 또 발생한 것이다.

"어떻게 됐나요?"

"정리됐습니다. 그분이라는 존재에 대한 정보도 얻었고… 그것보다 예련 씨, 일은 어때요. 이제는 할 만한가요?"

"이제는 할 만 한 게 아니라, 원래 이런 일이 몸에 잘 맞아요. 다들 험한 일은 안 해봤을 것 같다고 하는데, 현성 씨 시체 닦는 작업 해본 적 있어요?"

"장의사 아르바이트?"

"네. 전 그것도 해봤어요. 생각보다 오래 했었죠. 서빙? 텔레마케터? 그런 건 해본 축에도 안 들어가요. 그러니까 걱정 말아요. 전혀 힘들지 않으니까요, 호호."

차예련이 질끈 묶었던 머리를 다시 풀고는 잔머리를 능숙하게 끌어모은 뒤, 다시 고무줄로 힘껏 머리를 고정시켰다.

뱀파이어들에 대한 내막을 알고 있는 차예련은 뉴스를 보는 순간, 어떻게 벌어진 일인지 알아차렸다.

그래서 점심시간이 끝나고 현성에게 다가와 물어본 것이었다.

"점점 무서워져요. 저렇게 대담하게 일을 벌일 수 있다니. 길가에서 발견되었다는 건, 정말 사람들이 다닐 수 있는 그런 길에서 벌어졌던 일이잖아요. 적어도 제가 있을 때는 그렇지 않았어요. 산속이나 인적이 드문 마을 외곽에 숨어들어서, 기회를 노리는 그런 식이었거든요."

"점점 더 이런 일들은 많아질 거예요. 악순환을 끊지 못하는 한."

"현성 씨."

"차라리 다시… 내가 뱀파이어가 되어서, 저들과 어울려 더 깊은 곳의 정보를 알아보는 건 어떨까요?"

"장난이라도 그런 말은 하지 말아요."

차예련의 말이 끝나기가 무섭게 현성의 표정이 굳었다.

그녀가 자신을 돕고 싶은 마음에 꺼낸 이야기라는 것은 이해했다.

하지만 목표를 위해 자신도 아닌 다른 사람을 사지로 몰아넣는 일은 하고 싶지 않았다. 그것은 매우 비겁한 일이었다.

"하지만……."

"고통은 한번으로 족해요. 예련 씨는 예련 씨에게 주어진 평범한 삶을 살아가요. 그런 생각은 하지도, 꺼내지도 말아요."

"알았어요. 하지만 언제든 도움이 필요하면 얘기해 줘요. 돕고 싶어요. 어떻게든."

차예련의 눈빛에선 간절함이 묻어나왔다.

현성은 고개를 끄덕였다.

"그렇게 할게요. 하지만 먼저 위험을 감수하려는 그런 생각은 하지 말길."

"알겠어요."

차예련이 고개를 끄덕였다.

현성이 자신을 배려해 꺼낸 말이라는 것을 이해하는 눈빛이었다.

지이이잉—

핸드폰 진동 소리가 울렸다.

정유미였다.

"잠시."

"그럼 들어갈게요. 퇴근 후에 커피 한잔 어때요?"

"이따 얘기하죠."

"음… 그래요."

현성의 냉랭한 반응이 내심 섭섭했는지 차예련이 아쉬운 눈빛을 하고는 매장 안으로 다시 들어갔다.

그녀가 자신에게 어떤 감정을 가지고 있을지, 어느 정도 짐작은 하는 현성이었기에.

현성은 의식적으로라도 그녀를 멀리 할 생각이었다.

그것이 그녀를 더 안전하게 지킬 방법이기도 했다.

"유미 씨?"

—바빠요?

"점심시간이에요. 잠깐 휴식이죠."

—블랙 네트워크, 알죠?

"알고 있죠. 사회적으로 그렇게 이슈가 됐는데."

—혹시나 해서 물어보는 건데. 혹시 이번에 불량 돼지고기 파문으로 조사 중인 '풍년마을' 프랜차이즈. 그 사장에 대해 인맥이나 연줄이 있나 해서요.

"아니에요, 없어요. 동류 프랜차이즈도 아니고 아직 제가 그렇게 인맥이 넓진 않으니까."

―그렇죠? 가장 먼저 생각나는 게 현성 씨라 연락해 봤어요. 음, 지금 취재하면 특종이 되겠지 싶은데…….

"무슨 일이에요?"

―아, 아직 몰랐어요? 풍년마을 대표 김정은 씨. 이번에 블랙 네트워크에서 지목했어요.

"지목하다니?"

―예고 살인 대상으로요.

"예고 살인?"

능력자 모집 광고 이후.

한동안 활동이 잠잠했던 블랙 네트워크였다.

그들이 다시 움직이고 있었다.

*　　　*　　　*

[우리는 지난 공고 모집을 통해서 상당히 능력 있는 사람들을 얻는 데 성공했다. 혹자들은 우리가 횡포를 부린다느니 사기를 친다느니 하지만, 우리의 뜻은 예나 제나 똑같다. 심판을 받아 마땅한 사람들이 죽는다.]

[우리는 정의를 집행한다. 이를 막는다면 그것이 경찰이나 그 어떤 의인이라고 할지라도 악인으로 간주하고, 동류로 볼 것이다. 우리의 정의에는 항상 공정함이 존재한다. 이를 막는

다면, 그건 막는 자가 잘못이고 불의일 뿐. 우린 항상 옳다.]

[다음 대상은 풍년마을의 대표 김정은이다. 우리는 수단과 방법을 가리지 않고 놈을 죽일 것이다. 이유? 그가 만든 불량 돼지고기로 인해 이미 사망한 피해자의 수만 일곱. 하지만 그는 모르쇠로 일관하며, 오히려 보란 듯이 명예 훼손이라며 소송을 걸고 있다. 이게 제정신의 인간이라면 할 수 있는 행동인가? 인간 이하의 생각을 가진 금수라면 죽여도 문제될 것이 없다는 것이 우리 블랙 네트워크의 생각이다.]

블랙 네트워크의 홈페이지 공지 란에는 이렇게 세 개의 글이 게시되어 있었다.

이미 조회수가 300만을 넘어가고 있었다.

누적 조회수도 집계가 된다고는 하지만, 단 하루 만에 이 정도의 조회량을 기록했다는 것은 그만큼 추종자나 관심을 가진 사람이 많다는 반증이었다.

반응은 폭발적이었다.

한동안 잠잠했던 블랙 네트워크의 운영진.

정확히 말하자면 '블랙'이 움직이기 시작했다는 증거였기 때문이다.

타깃은 최근 먹거리 파동으로 여론의 뭇매를 맞고 있는 풍년마을의 대표 김정은이었다.

사람들은 열광했다.

—당연히 죽어야 해! 병들어 죽은 돼지를 폐기하지 않고 갈아서 고기로 만들어 썼다는 게 말이 돼? 그래놓고는 다른 지병으로 인한 사망으로 예상되니, 본사는 책임이 없다? 난 이 놈 반드시 죽어야 한다고 봐.

—이거 반대하는 사람 있어? 진짜 짐승만도 못한 새끼잖아. 멍석 깔고 석고대죄를 해도 모자랄 판인데 오히려 소송을 건 개새끼인데.

—당연히 찬성이지. 죽어버려야 해. 어차피 우리 손으로 하는 것도 아니잖아. 블랙 님께서 해주신다는 데. 우리는 응원하면 되는 것 아냐?

찬성하는 글이 줄을 이었다.

블랙 네트워크의 특성이 온통 블랙 찬양인 것도 있지만, 실제로 김정은은 많은 시민 단체의 지탄을 받고 있었다.

"혹시나 했더니 역시나였군요. 한잔하시죠. 아이스 아메리카노라 시원할 겁니다."

"감사합니다."

그때, 등 뒤에서 박 신부의 목소리가 들렸다.

이곳은 현성이 최근 자주 찾는 카페의 인터넷 룸이었다.

박 신부와의 만남이 잦아지면서 만나기에 수월한 장소를

찾다 보니, 카페가 제격이 된 것이다.

"사건사고가 끊이질 않는 군요."

툭.

박 신부가 인터넷 룸의 문을 닫으며 말했다.

제3자의 입장에서 보면 수원역 뱀파이어 사건과 이 사건은 별개였지만, 현성은 두 사건을 모두 연장선상에 놓고 있었다.

다시 말해서 사건의 뿌리를 찾고 찾아, 거슬러 올라가면 그 위에서 '그분'과 '블랙'이 동일인으로서 맞닿게 되지 않을까 생각하고 있었던 것이다.

이유는 간단했다.

정의 구현이라는 빛 좋은 개살구를 던져주고, 자신의 살인을 정당화시키는 방식이 그러했다.

초점이 다르기는 했다.

'블랙'은 사회적으로도 어느 정도 지탄을 받는 자들이 대상이었고, '그분'은 부랑자나 노숙자, 건달과 같이 세간의 경멸스런 시선을 받는 자들을 대상으로 했다.

하지만 현성은 정확히 핵심을 꿰뚫고 있었다.

반 이상 확신하고 있었다.

분명히 동일인이 양쪽에 줄을 대고 있는 것이라고.

그래서 더 무서운 놈이라고.

"다양한 갈래로 정보를 수집해 봤습니다. 아참, 현성 씨.

내게 개인적인 정보망이 있는 것은 알고 있죠?"

"물론입니다."

"혹시나 필요한 정보가 있으면 언제든 말해줘요. 그 사람들을 직접 연결할 수는 없지만, 알아다 줄 수는 있어요. 그 사람들은 아주 어둡고 음침한 곳에 숨어 있는 사람들이거든요, 하하."

"괜찮습니다. 다른 소식이 있었습니까?"

"여자… 라고 하더군요. 잠입에 성공해서 최대한 근거리에서 살폈던 정보원의 말입니다. 그런데 조금 더 재미있는 정보가 있었습니다."

"궁금하군요."

박 신부의 흥미를 끌 만한 정보였다면 현성에게도 마찬가지였을 것이다.

현성의 눈빛이 반짝였다.

"예전에 블랙 네트워크에서 능력자 모집을 했을 때 말입니다. 미팅 때 만났던 여자를 기억하십니까?"

"기억하죠. 하마터면 큰일 날 뻔 했었으니까. 그리고 지금껏 본 적 없는 능력을 쓰던 사람 아닙니까?"

"그 사람이었다고 합니다. '그분' 이."

"확실한 정보인가요?"

"누군가 보고 있다는 사실을 눈치채고 의도적으로 상황을 연극한 것이 아니라면 거의 확실합니다."

"음……."

블랙은 남자였다.

여전히 홈페이지에 게시되어 있는 몇 건의 살인 동영상이 그랬다.

뒷모습이나 들려오는 목소리는 분명 남자의 것이었다.

이러면 동일 인물이라는 현성의 계산이 빗나가게 된다.

하지만 생각해 보니 요점은 그게 아니었다.

"아, 잠시 생각의 핀트가 어긋났군요. 결국 블랙과 그분은 연계가 되어 있는 존재라는 것 아닙니까?"

"제가 생각했던 반응 그대로군요. 처음에는 실망하는 눈치일 거라 생각했는데 말이죠. 하하, 맞습니다. 우리의 예상이 퍼즐처럼 들어맞아가는 느낌이죠. 그렇지 않습니까?"

"그렇군요."

이미 양쪽 모두에 마수를 뻗어버린 상대.

예상은 들어맞았지만, 내심 맞지 않길 바랐던 것이기도 했다.

상대는 엄청난 규모의 몸집을 자랑하는 거구가 되어버렸다.

한 쪽은 뱀파이어를 비호 세력으로, 한 쪽은 오로지 자신을 지지하는 추종자들을 비호 세력으로 두고 있는 거대한 괴물로…….

"그렇다면 이번 일은 더 중요합니다. 여기서 또 힘을 발휘

할 기회를 얻고 성공하면, 놈의 행보는 더 과감해질 겁니다. 한시라도 빨리 역으로 공격을 가할 기회를 잡아야 하는데. 디데이는 아직 남았으니."

현성이 자신의 스마트폰 옆에 놓은 김성일의 휴대폰을 만지작거렸다.

잠금 설정을 안해 놓은 덕분에 현성은 김성일의 휴대폰으로 날아오는 문자나 SNS들을 확인할 수 있었다.

'그분'의 전화는 금요일 이후로는 없었다.

단, 뱀파이어 동료나 연락책으로 보이는 자들의 연락은 종종 있었다.

현성은 무시하는 대신 마치 김성일인 것처럼 행세를 하며, 지속적으로 답장을 보내고 있었다.

현성은 세영 아크로타워에서 있을 것으로 예상되는 다음 회동을 절호의 찬스로 보고 있었다.

놈들은 아직 자신과 박 신부의 접근 사실을 알지 못한다.

그날의 회동은 단숨에 핵심부까지 접근할 수 있는 최고의 기회.

현성은 반드시 그 기회를 붙잡을 생각이었다.

*　　*　　*

블랙 네트워크 홈페이지는 정상적인 경로로는 접속이 불가능하지만, 우회 경로 및 해외 서버를 이용해 운영되고 있어 여전히 다수의 누리꾼들이 접속하고 있는 상황입니다. 그들은 풍년마을의 CEO 김정은 회장을 타깃으로 지목했습니다. 김정은 회장은 그런 살해 위협에 굴복할 생각이 없다고 밝혔지만, 경찰과 관계 당국은 사태의 흐름을 예의주시 했습니다. 만약을 대비해 김정은 회장은 경호 인력을 고용, 주변의 경계 감시를 강화하기로 했습니다.

반응은 즉각적이었다.

사회적으로 이슈가 된 인물에 대한 살인 예고였기에 언론에서도 빠르게 다뤄지고 있었다.

이것은 오히려 대중들의 관심을 더욱 불러일으키는 악순환이 됐다.

국내에서는 접속이 막힌 블랙 네트워크 홈페이지의 우회 접속에 관한 정보가 돌면서, 평소보다 더 많은 유저들이 몰렸다.

그리고 당당히 살인 현장을 공개하고, 또 예고하는 블랙의 대담함에 놀랐다.

"대응을 빠르게 하는 것이 좋겠습니다."

현성이 자리를 박차고 일어섰다.

완벽하게 객관적인 입장에서 보자면, 악인을 단죄한다는 블랙의 취지 자체는 나쁠 것이 없었다.

권선, 그리고 징악.

그건 아주 오래 된 정의의 기초이자 신념이었다.

하지만 블랙은 그 사이에 몇 가지 조건을 끼워 넣고 있었다.

이를테면 악인, 그러니까 김정은을 단죄하는 데 있어 방해가 되는 인력이 있다면 경찰이건 경호인력이건 모두 죽여 없애겠다는 논지였다.

이 과정에서는 선량한 사람이 희생된다.

전혀 관계없는 사람들이.

현성은 그것을 용납할 수 없었다.

바로 그때.

"이거……."

현성을 따라 자리를 뜨려던 박 신부가 인터넷 포탈 사이트의 한 단면을 가리켰다.

[속보] 풍년마을 회장 김정은 씨, 블랙 네트워크의 소행으로 추정되는 괴한 무리들의 피습으로 인해 현장에서 사망. 교전 과정에서 경찰 인력 7명 부상. 경호인력 5명 사망.

예고가 나온 지 단 1시간 만에 이루어진 일이었다.

연관되어 링크된 어떤 한 시민단체의 일원이 남긴 동영상에는 아수라장이 된 현장의 영상이 고스란히 남아 있었다.

김정은의 자택 근처에서 시위를 하던 중, 갑작스레 전투가 벌어진 상황을 우연히 담은 것이다.

속보 소식과 더불어 해당 영상은 폭발적인 히트 수를 기록하고 있었다.

영상 속에서는 시위 도중 갑자기 주변의 경찰들이 부산하게 움직이더니, 유리창이 깨지는 소리가 나며 저택 안에서 들려온 비명 소리가 담겨져 있었다.

김정은 회장의 비명 소리였다.

동시에 총성이 어지러이 뒤섞였고, 이내 달려 들어간 경찰들과 경호원들의 비명 소리가 터져 나왔다.

그런 다음.

경계가 허술해진 자택 한 쪽의 외벽을 따라 유유히 현장을 벗어나는 네 명의 인영이 있었다.

모두 가면을 둘러쓰고 있어, 얼굴을 확인할 수는 없었지만 재빠른 움직임은 평범해 보이지 않았다.

―캬아, 빠르다! 돼지새끼, 잘 뒈졌다!

―블랙, 정말 과감해졌어. 나는 올바르게 살아야지. 그럼 블랙이 날 죽일 일은 없을 거잖아?

―근데 경찰이 다치고, 경호원들이 죽었다는데.

―그래서 블랙이 경고했잖아. 막지 말라고. 근데 막은 거면 지 잘못이지. 그냥 막는 척하면서 비켰으면 안 죽었을 걸?

보니까 입구에 있던 경호원들은 안 죽었다매. 막은 놈들만 죽은 거야. 자업자득이지.

─그래도… 이건 아니지 싶은데.

─대를 위한 소의 희생은 어쩔 수 없는 거야. 꼬우면 니가 김정은이 그 놈을 감옥에 잡아 넣어보던가. 저렇게 철판 깔고 버티는 놈이 웃긴 게 뭔지 알아? 나중에 법원에서도 저런 놈의 손을 들어준다는 거야. 잘 된 거야, 잘 돼졌다고.

신속하게 첫 번째 '집행'이 이루어지자, 블랙 네트워크 홈페이지는 각 게시판이 마비가 될 정도로 유저들의 글이 이어졌다.

대다수가 블랙의 행동을 지지하고 있었다.

아울러 가면을 쓰고 나타난 의문의 정체들.

블랙이 언급한 '능력자 동료'들의 정체에 대한 관심이 쏟아졌다.

순식간에 벌어진 일.

현성은 그 과정에 희생되어버린 다섯 명의 경호원과 부상당한 일곱 명의 경찰들에게 미안한 마음이 들었다.

하지만 어찌할 겨를도 없이 벌어진 일이었다.

현성이 카페에서 속보에 관한 뉴스를 접하고, 움직이려는 그 사이에 이미 일이 터져버린 것이다.

이후 사흘간.

블랙 네트워크의 예고 살인은 계속해서 이루어졌다.

말이 예고였지, 사실상 예고가 이루어진 뒤 30분 안팎으로 살인이 집행됐다.

현성이 바로 대처하기에도 너무나 부족한 시간이었다.

대상자는 사회적으로 큰 죄를 진 것이 분명하지만 법을 이용해 요리조리 감시망을 빠져나간, 소위 '철판'을 깐 자들이었다.

현성이 걱정했던 대로 희생자는 계속해서 속출했다.

경찰 인력과 경호 인력은 말할 것도 없었고, 인근에서 정황을 파악하려다가 범인들의 이동 경로에 서 있던 애꿎은 주민역시 희생자가 됐다.

그들의 손길에는 인정이 없었다.

단지 자신들의 이동 경로를 막고 현장을 보고 있었다는 이유만으로, 애꿎은 노인 하나가 예리한 칼에 난자당해 죽음을 맞았다.

현성은 다음 타깃이 될 만한 사람들에 대한 정보를 모으는한편, 때때로 불완전한 모습을 보이는 텔레포트 마법의 이동거리를 늘리기 위한 꾸준한 연습에 들어갔다.

그러던 도중.

또다시 예고가 이루어졌다.

[다음 목표는 국회의원 강영철이다. 시간도 예고해 주지.

수요일인 오늘 저녁 7시 30분이다. 놈이 어디에 있든 우리는 찾아갈 것이다. 생각이 있다면 놈을 지킬 생각 말고 길을 터라. 그러면 아무도 죽지 않을 테니까.]

강영철.

그 역시 현성의 예상 범주 안에 있었던 인물이었다.

뇌물수수 비리 의혹을 받고 있는 가운데, 여대생 성폭행 의혹을 받고 있는 인물이었다.

성폭행 의혹에 대해선 검찰이 조사를 진행 중이었지만, 어찌된 일인지 조사 도중에 피해자인 여대생이 괴한에 의해 살해를 당했다는 것이다.

강영철은 성실히 조사를 받고 있었으며 이 사건과 전혀 무관하다고 잡아뗐지만, 이미 몇몇 방송사와 신문사들의 집요한 조사에 의해 강영철이 누군가에게 사주한 정황이 속속 드러나고 있었다.

때문에 강영철은 진퇴양난의 상황이었지만, 검찰의 조사가 미진한 탓에 많은 사람들이 답답해하고 있던 차였다.

항간에서는 뇌물수수 비리 의혹에 대한 혐의점만 인정되고, 성폭행에 대해서는 무혐의로 판명 날 것이라는 소문도 돌고 있었다.

돈의 힘이었다.

초호화 변호사 군단을 선임하고, 음으로 양으로 돈을 뿌려

대니 당연한 결과물이기도 했다.

블랙이 제물로 삼기에 가장 좋은 자였다.

며칠 사이.

상황은 많이 달라져 있었다.

경호 업체들은 최근에 들어온 VIP 고객들에 대한 경호 요청을 꺼렸다.

언제 블랙의 타깃이 될지 알 수 없었고, 경호 본연의 업무에 충실할수록 피해자가 늘기 때문이었다.

그렇다고 수수방관했다가는 그것만으로도 사회적인 지탄을 받기도 쉬웠다.

그러다 보니 진퇴양난인 상황인지라, 아예 의뢰 자체를 받으려 하지 않았다.

몇몇 업체들은 경호에 대한 제반 계약을 할 때, 블랙 네트워크에서 지목하는 예고 대상이 될 경우 경호 계약을 자동 해제한다는 웃지 못할 조항까지 삽입하는 경우도 있었다.

게다가 블랙의 살인 집행을 방해하는 경찰들과 경호 업체에 대해서는 블랙을 지지하는 유저들의 항의전화가 빗발쳤다.

경찰은 경찰대로, 경호 업체는 경호 업체대로 자신들의 임무에 충실한 것이었지만.

그것은 오히려 지탄의 대상이 됐다.

강성한 목소리를 내는 사람들은 그들을 호되게 질책했고,

몇몇 사람들은 지키는 척만 하고 적절하게 빈틈을 내어주라 했다.

상황이 이렇다 보니 예고 살인의 대상이 된 타깃들은 벌벌 떨 수밖에 없었다.

하지만 강영철은 자신이 대상이 될 것이라는 것을 어느 정도 직감했는지 정면돌파 하겠다는 승부수를 던졌다.

저택 사방을 가득 채운 CCTV들.

그리고 외부에 공개되지는 않았지만 집 내부에는 별도의 안전시설이 마련되어 있다고 했다.

되려 강영철은 블랙 네트워크의 예고가 있자마자, 자신의 개인 SNS에 보란 듯이 글을 올렸다.

[이런 협박에 굴복할 생각이었다면 사명감을 가지고 국회의원을 하지도 않았을 것이다. 정의라는 미명하에 살인을 정당화시키지 말길. 너희들은 살인마다. 동조하는 모두가 살인마나 다름없다. 난 항상 생활하던 대로 내 집에서 늘 먹던 저녁을 챙겨 먹을 테니까.]

덕분에 강영철의 소재 파악은 쉬워졌다.

현성은 바로 그의 집 근처로 방향을 잡기로 했다.

박 신부는 자신이 운영하고 있는 보육원의 재정 문제를 해결하기 위한 후원자와의 미팅이 있어 얼마 전 지방에 내려가고 없었다.

서울로 올라오는 시간을 기다리려면 이미 사건이 벌어지고 난 뒤가 될 터였다.

"후."

바이크에 올라탄 현성이 가방 속의 검은 복면을 다시 한 번 어루만졌다.

이번에는 어떤 자들과 조우하게 될까.

박 신부를 통해 그분의 정체는 파악했다.

그렇다면 이제 블랙 본인을 파악할 차례였다.

말 한 마디, 등장 한번만으로도 사회에 큰 파장을 불러일으키는 존재.

하지만 그 어떤 이유로도 행동을 정당화시킬 수 없는 악 중의 악(惡).

현성은 반드시, 그리고 집요하게 그 뿌리를 추적할 생각이었다.

부우우우웅!

바이크가 검은 연기를 순식간에 뿜어냈다.

그리고 현성의 모습도 도로를 따라, 점점 사람들의 시야에서 멀어져 갔다.

5장
4인 4색

"아직 놈은 나타나지 않았어."

"나타날까?"

"원래 영웅놀이를 즐기는 놈들은 처음부터 나타나지 않아. 세상이 자신을 필요로 하는 것 같을 때. 그럴 때 나타나거든."

"어떨 것 같아?"

"재밌겠지! 후후후후."

"하아암, 아직 두 시간 남았나."

강영철의 저택 인근의 한 야산.

네 명의 남녀가 저마다 자리를 깔고 앉아서는 지루함에 잠긴 하품을 늘어놓고 있었다.

이들이 바로 블랙, 그러니까 신정우의 지시 아래 자신들의 능력을 양껏 뽐내고 있는 남녀들이었다.

인원은 총 네 명.

나이는 모두 스물다섯으로 같았다.

고아원 동기인 네 남녀는 자신을 돌봐주던 원장으로부터 지금의 능력을 얻었다.

세 명의 남자와 한 명의 여자로 이루어진 이들의 이름과 능력은 다음과 같았다.

나이순으로 첫째인 남자의 이름은 김현.

능력은 자신을 투명화시키는 은신술이었다.

완벽한 투명화가 가능한 현성과 달리, 김현의 은신술은 형체가 살짝 비치는 것이었지만 잠입이나 적의 눈을 속이기에는 충분했다.

워낙에 몸집이 작고 운동신경이 좋았기 때문에 움직임이 현란했다.

서로 성도 다르고 이름도 다른 의남매지만, 그 어떤 친남매보다도 가깝게 지내는 네 남매의 맏이였다.

둘째의 이름은 신현철.

특기는 암살이었다.

단도나 표창, 작은 암기 등을 이용해 멀리서도 원하는 목표물의 원하는 부위를 정확히 타격할 수 있었다.

시력이 좋았기 때문에 별도의 시야 보정 장치도 필요 없었다.

때문에 맏형인 김현이 최전방에서 적들의 시선을 교란시키면, 신현철이 멀찍이서 타깃을 잡아 제거하는 식이었다.

셋째의 이름은 이연화.

남매 중 유일한 여자였다.

그녀의 특기는 미혼(迷魂)이었다.

사람을 홀리게 만드는 능력.

그 원천은 눈이었다.

그녀와 시선을 마주하는 순간, 상대는 알 수 없는 힘에 이끌려 이성적인 판단을 할 수 없었다.

대상의 의지가 약할수록, 정신력이 약할수록 그 정도는 더 강해졌다.

언뜻 보기엔 교전에 쓸모가 없어 보이는 능력일지는 몰라도, 그녀 혼자만이 아닌 팀 단위로 움직이기에 쓸모가 있었다.

전투 도중에는 무의식적으로 상대의 움직임을 파악하기 위해 시선을 마주치게 되게 마련이고, 그 순간 빈틈이 생겨버리고 마는 것이다.

그 잠깐의 멈칫하는 순간에 김현과 신현철이 파고들면, 타깃이 된 상대는 운명은 끝이었다.

막내의 이름은 이원식.

남매 중에서 가장 체구도 작고 몸이 약한 그였지만, 목표로 한 대상의 정신을 교란시키는 능력을 가지고 있었다.

눈빛을 마주쳐야만 조건부로 미혼 능력이 발휘되는 이연화와 달리, 이원식은 지목한 대상을 집중적으로 공략할 수 있었다.

기본적으로 이런 능력 자체를 잘 알지도, 대처할 방법도 모르는 일반인들에게는 쥐약과도 같았다.

대다수의 경호원들이 손도 써보지 못하고 이들 남매에게 당한 것은 이원식 때문이었다.

눈에 보이는 것을 보이지 않게 만들고, 보이지 않아야 할 것을 보이게 만들어 버리는 것이 가장 큰 문제였다.

환각을 보거나 환청을 듣게 되는 것이다.

이런 네 명의 조합은 완벽한 팀플레이를 만들어냈다.

게다가 저마다 기본적으로 어느 정도의 운동 신경을 가지고 있어 담을 넘나드는 것 정도는 어려워하지 않았다.

"현이 오빠, 이번에는 얼마야?"

이연화가 물었다.

매번 정해진 임무를 마치고 나면, 블랙, 신정우는 수고비를 건네주곤 했었다.

한 달을 뼈 빠지게 일을 해도, 아르바이트로는 100만 원 전후를 손에 쥐면 많이 쥔다고들 한다.

하지만 이렇게 일을 치르고 나면 신정우는 한 사람당 500만

원씩 쥐어주곤 했다.

게다가 대상의 집에서 몰래 훔친 물건 따위는 신경 쓰지 않았다.

덕분에 일전에 풍년마을 회장 김정은의 집에 들이닥쳤을 때도, 안방에서 챙겨 나온 몇 천만 원 어치의 귀중품들을 고스란히 손에 넣었던 것이다.

"두당 천."

김현이 말했다.

"헐, 그렇게 많았어? 이번 놈은 뭔가 특이해도 특이한가 봐?"

"난이도가 높잖아."

이연화의 말에 옆에 있던 이원식이 답했다.

누군가를 죽이는 일.

하지만 마치 이들은 게임을 하듯 이야기를 주고받고 있었다.

"참, 우리 대장님은 돈도 많아, 그렇지?"

대장님은 신정우를 지칭하는 말이었다.

네 사람이 그를 만나게 된 것은 일전에 블랙 네트워크 홈페이지에 공고가 달렸을 때였다.

생각지도 않게 전수받게 된 능력.

정작 능력을 전수해준 고아원의 원장은 지금은 곁에 없었다.

죽었기 때문이다.

암 말기 판정을 받고 시한부의 삶을 살던 그는 어느 날, 네 남매를 불러서는 자신이 몇 개월 전, 누군가로부터 배웠다는 기술을 전해주었다.

그것이 지금 네 남매 각자의 능력들이었다.

왜 배웠는지, 누가 알려줬는지는 말해주지 않았다.

하지만 이 능력은 마치 물건을 옮기듯 자연스럽게 몇 번의 터치만으로 그들에게 전수됐다.

따로 배우는 시간이나 습득할 시간이 필요하지 않았던 것이다.

어쨌든 그렇게 능력을 얻고, 얼마 뒤 원장을 숨을 거두었다.

아르바이트를 하며 근근히 생활을 해 나가던 남매는 블랙 네트워크의 공고를 보고 깊은 관심을 가지게 되었다.

사회 정의의 구현.

그리고 특별한 능력을 가진 사람에 대한 우대.

남매가 관심을 가진 것은 전자보다는 후자였다.

정의 따위에는 관심 없었다.

그 잘나빠진 세상은 잘 사는 사람들을 위해서만 유리하게 만들어져 있었다.

자신들을 버리고 간 부모.

관심이 시들해지자 후원을 중단해 버린 사람들.

세상물정 모르고 자신들의 뒷바라지만 신경 썼던 원장에게 사기를 친 무리들.

세상은 온통 불신과 불의의 천국이었다.

그런 세상을 정의로 바꾼다는 것 따위는 관심 밖이었다.

자신들에게 필요한 것은 자신들의 능력을 알아줄 사람과 그 대가였다.

블랙, 대장이라는 이름으로 그들에게 다양하게 불리는 신정우는 이런 목마름을 완벽하게 채워줄 수 있는 사람이었다.

첫 만남에 네 남매는 충성을 맹세했다.

그는 정말로 돈이 많은 사람이었다.

그리고 자신들은 주어진 일만 잘 해결하면 되었다.

그러면… 생전 만져본 적 없는 목돈이 한 번에 들어오곤 했다.

"마음만 먹으면 솔직히 이런 자리에 우릴 보낼 필요도 없어. 대장님이 나서면 되겠지. 돈에 대한 얘기는 무의미하지 않을까. 우리는 주어진 일만 열심히 하면 돼. 그리고 그놈이 보이면, 그놈을 잡아다가 대장님에게 데려간다. 10억이라고 하셨어. 다른 잔챙이들을 처리하는 것과는 차원이 다르다고."

신현철이 말했다.

신정우는 '검은 복면의 사내'에게 현상금 10억을 걸었다.

불행인지 다행인지 신정우는 현성에 대한 실체를 아직 모르고 있었다.

때문에 검은 복면의 사내가 현성이라는 사실은 알지 못했다.

이것은 현성 역시도 마찬가지.

'그분' 과 '블랙' 의 존재는 알고 있었지만, 그 존재가 신정우라는 것은 아직 알지 못했다.

그런 이유로 서로가 서로에 대한 정확한 실체는 알지 못한 채, 이렇게 간접적인 대결을 계속 펼치고 있었던 것이다.

검은 복면의 사내에게 걸린 현상금은 10억.

이것은 비단 이들 네 남매뿐만이 아니라 블랙 네트워크에 소속된 다른 능력자들, 그리고 뱀파이어들에게 뿌려진 정보이기도 했다.

신정우는 확신하고 있었다.

검은 복면의 사내는 자신만큼이나 대외적으로 얼굴을 밝히길 꺼려한다.

하지만 자신이 필요하다고 생각되는 일이 있으면 반드시 나타난다.

이번 블랙 네트워크의 예고 살인은 현성을 꾀어내려는 신정우의 의도가 짙게 깔린 일이었다.

신정우는 일전의 만남에서 김성희를 이용해 현성과 박 신부를 제거하지 못한 것을 못내 아쉬워하고 있었다.

지금까지 대적했던 능력 있는 존재들 중에 자신에게 유일하게 비협조적이고 적대적이었던 두 사람이기 때문이다.

신정우는 현성만큼이나 박 신부에 대해서도 집요하게 조사하고 있었지만, 두 사람의 꼬리는 쉽게 밟히지 않았다.

그래서 서로가 서로의 존재를 알되, 직접 마주친 적은 단한 번도 없었던 것이다.

"여섯시 반이네."

이연화가 손목에 찬 시계를 보며 중얼거렸다.

"현철아, 상황은 어때 보이나?"

김현이 물었다.

여기서 강영철의 저택까지는 꽤나 거리가 있었다.

하지만 남들과는 다른 강화 된 시력을 지닌 신현철에게는 꽤나 먼 거리에서도 돌아가는 모습들이 한눈에 들어왔다.

"형, 정말 다들 겁을 좀 집어먹은 모양인데. 양복 쪼가리들 챙겨 입고 경비 서던 놈들은 이제 안 보이네. 안 되는 걸 아니까, 알아서들 내뺀 모양인데."

"앞길을 막는 놈은 누구든 죽어. 죽기 싫으면 알아서 기어야지. 경찰은?"

"경찰차는 세 대 정도 와 있고, 전부 무장 경찰. 입구에만 몰려 있어. 생색은 내지만 역시나 죽기 싫다는 거지."

"빙고! 대한민국 경찰, 파이팅이지!"

신현철의 말에 이연화가 맞장구를 쳤다.

이것이 현실이었다.

제아무리 사명감과 투지로 똘똘 뭉쳐 있다고 해도, 죽음 앞에서 인간은 무력했다.

이따금씩 죽음을 각오한 사명감을 발휘해 네 남매의 앞길을 막았던 경찰과 경호원들도 있었다.

결과는?

죽음이었다.

남매는 그들의 죽음에 일말의 죄책감도 없었다.

걸리적거리니 죽였을 뿐이고, 그것이 끝이었다.

미리 경고도 해두지 않았던가.

앞을 막는 자는 모두 '악'의 동류로 생각하겠다고.

자신들은 엄정한 '정의'의 집행자였다.

방해받을 이유도, 그래서도 안 되었다.

이런 생각을 지속적으로 신정우로부터 주입받은 남매들은 이미 확고한 가치관을 세워놓고 있었다.

그리고 신정우의 의도대로 충실하게 움직이고 있었다.

부우우웅!

끼이이익!

질주하던 현성의 바이크가 멈췄다.

강영철의 저택까지는 약 500m 거리.

산을 병풍처럼 뒤에 배치한 채로 공기 좋은 곳에 자리 잡고 있는 강영철의 집은 누가 봐도 호화스러운 전원주택이었다.

2층 저택.

입구에는 언뜻 보기에도 몇 대의 경찰차들과 경찰들이 자리하고 있었다.

진입 장벽이 낮은 입구를 제외하면 사방은 2층 저택의 높이에 맞는 외벽으로 둘러져 있었다.

스윽—

현성이 챙겨온 망원경으로 좀 더 자세히 살폈다.

그러자 저택 곳곳에 배치 된 CCTV들이 한눈에 들어왔다.

저 정도면 정말 개미 새끼 한 마리도 눈에 띄지 않을 수 없을 것 같았다.

제아무리 날고 기는 놈들이라 해도 CCTV에 그 모습이 남을 것이고, 아마도 강영철은 침입자의 존재를 확인하는 즉시 그가 호언장담하던 안전시설로 대피할 요량인 듯싶었다.

일반인 같았으면 두려움에 진작에 내뺐겠지만, 국회의원 생활을 오래 하면서 모진 풍파를 많이 겪어본 덕분인지 강영철의 저택 안에는 여전히 환한 조명이 켜져 있었다.

"음……."

현성은 좀 더 시야를 넓혔다.

이 곳은 확실히 인적이 드문 곳이다.

현성이 지금 바이크를 세운 위치까지가 사람들의 인적이 어느 정도 있다고 생각할 만한 곳.

강영철의 전원주택이 있는 전원주택가는 주변에 야산을 끼고 있어, 각 저택이 저마다 거리를 두고 배치되어 있었다.

　만약 긴급한 상황이 벌어지게 된다면, 주변의 눈에 띄기 까지는 어느 정도 시간이 걸릴 듯싶었다.

　부우우웅!

　부우우우우웅!

　그 와중에 몇 대의 차량들이 강영철의 저택으로 향하는 것이 보였다.

　방송국의 차들인 것 같았다.

　예고 살인의 날짜와 시간까지 지정을 해줬으니, 방송국 입장에서는 그것이 현실이 되는지 아닌지를 취재하러 나왔을 터다.

　그 자체만으로도 특종거리인 이 일을 놓칠 리 없었다.

　보는 눈은 점점 늘어난다.

　과연 블랙의 하수인들은 수많은 카메라들이 자신을 지켜보는 앞에서 당당하게 일을 치를 것인가?

　"……."

　현성은 잠시 입을 다문 채로 주변을 한 번 더 꼼꼼히 살폈다.

　놈들이 왠지 와 있을 것 같았다.

　자신이라면.

　남들의 눈에 띄지 않는 곳에 적당히 자리를 잡고, 예고한 시간을 기다리며 있지는 않을까 싶었다.

어차피 경찰이나 경호원 따위는 상대도 되지 않으니까.

무서울 게 없으니까.

한가로이 시간을 때우며 정해진 시각이 오길 기다리고 있지는 않을까?

현성의 생각은 좀 더 깊게 들어갔다.

왜 이들은 예고 살인의 기간에 여유를 준 것일까.

매스컴의 관심을 받고 싶어서?

타깃에게 겁을 주기 위해?

"…나일 수도 있겠군. 아니, 날 노린 거야."

현성은 빠르게 본질을 파악했다.

블랙은 자신을 알고 있다.

검은 복면의 사내로.

일전에 폐교에서도 박 신부와 함께 김성희를 통해 간접적으로 만난 적이 있었으니 더 잘 알 것이다.

현성의 시선은 산으로 향했다.

자신이라면, 저곳에 자리를 잡고 있을 것 같았다.

마치 강 넘어 불구경 하듯.

그런 기분으로 저택을 내려다보고 있을 것이다.

"그렇다면 움직여 볼까!"

현성이 바이크를 천천히 끌고 와 주변에 세워진 자동차 사이에 적절히 고정시켜 두었다.

그리고 길가를 벗어나 샛길로 접어들었다.

사람들이 잘 다니지 않는 길.

하지만 저 멀리 보이는 야산을 향해 가기에는 가장 적합한 길이었다.

*   *   *

"흠……."

자르만의 손이 바쁘게 움직였다.

그는 계속해서 양피지 위에 무언가를 적어 내려가고 있었다.

제자 현성이 살고 있는 세상은 계속해서 변화를 거듭하고 있었다.

학술적인 면으로만 보자면 흥미로운 부분이 많은 변화였다.

지금까지의 전개는 다음과 같았다.

자르만과 일리시아가 시공의 경계를 무너뜨리며 현성에게 라인을 만드는 데 성공했고, 이를 통해 현성에게 자신들이 지닌 능력을 전수하는 데 성공했다.

이 시점만 해도 현성은 자신이 살고 있는 세계에서 그 어느 누구도 자신을 범접할 수 없는 큰 힘을 가지고 있었다.

물론 본인이 그 힘을 깨닫고 자신의 것으로 만드는 시간이 필요했지만, 오래 걸리지는 않았다.

현성은 빠르게 자신의 능력의 쓰임새를 눈치챘고, 이를 이용해 상당한 돈을 벌었다.

더 나아가 자신이 원하는 곳에 필요한 능력을 썼다.

우려와는 달리 현성은 악당이 되지는 않았다.

"여기까지는 해피엔딩이 족히 될 것 같은 흐름이었지만."

"그렇지 못했죠. 여보, 항상 말하진 이건 우리의 실수이기도 해요. 어쩌면 알고 있었지만 애써 부정했던 현실이기도 해요."

"나도 알고 있소. 그래서 만약을 위해, 혹시나 우리가 책임져야 할 그 시점이 올 수도 있어 이렇게 기록을 남기는 것이오. 우리가 사라지고 나면 기록은 이어질 수 없을 테니까."

"잘 하고 있어요, 자르만."

일리시아가 자르만을 위로했다.

자르만의 표정은 어두웠다.

현성이 보고 듣는 것은 자르만과 일리시아도 보고 듣고 있었다.

요 근래 현성의 하루하루는 전쟁의 연속이었다.

둘 중 하나였다.

일을 하거나.

그러지 않는 시간에는 싸우거나 혹은 이를 위한 정보를 수집하는 시간이었다.

현성이 상당한 긴장 상태에 있는 것을 아는 만큼 자르만과 일리시아는 최대한 말을 자제하고, 조용히 제자의 대응을 지켜보는 중이었다.

뱀파이어의 등장.

그 정도까지도 괜찮았다.

충분히 그럴 수 있는 흐름이었다.

하지만 그 이후가 문제였다.

과거 대륙에 뱀파이어들이 대거 출몰했을 당시에도 지금의 현성과 박 신부처럼 그들과 필사적으로 싸우던 사람들이 있었다.

세상이 모두 뱀파이어의 피로 물들 것이라는 예상과 달리, 의외로 그들은 빠르게 소멸됐다.

이유는 간단했다.

구심점이 없었기 때문이다.

제한된 활동 시간.

그리고 저마다 생각하는 가치관의 차이로 인해 뱀파이어들 사이에서도 대립이 심했다.

의견은 하나로 통일될 수 없었고, 조직적으로 뱀파이어들을 사냥하는 헌터들에 의해 대부분이 제거당했다.

하지만 현성의 세상은 달랐다.

현성보다 더 빠르게 뱀파이어의 존재를 알아차린 자가 그들의 힘을 효과적으로 사용할 방법을 이미 생각해 놓고 있었다.

구심점이 생겨 버린 것이다.

일전에 차예련이 있었던 동굴 전투에서 목숨을 잃은 뱀파이어나 수원역 사건에서 제가 된 김성일과 그 일파의 죽음은 그저 일부일 뿐이었다.

돌아가는 흐름만 봐도 이미 뱀파이어들 개인 혹은 소규모 조직에서 대규모 단위로 뭉치고 있는 것이 보였다.

구심점이 생기면 능력을 가진 자들의 힘은 배가 된다.

하물며 일반인 정도는 압살(壓殺)할 힘을 지닌 뱀파이어들이라면 더욱 위험했다.

현성과 박 신부.

이 두 사람만으로는 한계가 있는 것이다.

"여기서 우리가 더 많은 능력을 전해줄 방법은 없소. 아무리 서두른다고 해도 아직까지 대단위 공격 마법을 가르치기는 힘이 들지. 차라리 땅덩어리가 나뉘어 싸우는 우리네 전쟁의 방식이었다면 상관없었을 거요. 하지만 평범한 사람과 그렇지 않은 사람이 뒤섞여 사는 제자의 세상 속에서는 그런 공격 마법들은 쓸모가 없소."

자르만의 답답함은 그것이었다.

아직 현성에게 가르칠 마법들은 무궁무진했다.

헬 파이어나 메테오 같은 엄청난 공격 마법들.

9클래스의 마법사들만이 배울 수 있는 특별한 공격마법들을 가르칠 수도 있었다.

아직 약간의 깨달음이 부족하기는 했다.

하지만 그동안 쌓인 풍부한 전투 경험과 처음 마나의 힘과 능력을 전수할 때 만들어진 마나홀의 그릇은 충분히 또 한 번의 도약을 감당할 정도가 되어 있었다.

현재 현성을 클래스로 비유하자면 7클래스.

지금까지 몇 번의 도약 과정을 거쳐 왔고, 이제 마지막 단계가 남은 것이다.

하지만 중요한 것은 그게 아니었다.

"우리 제자의 세상은 힘으로 끝나는 세상이 아니라는 거죠. 수많은 정보를 이용하는 정보전… 제아무리 뛰어난 힘을 가지고 있어도, 적재적소에 힘을 활용하고 등장시킬 때를 알지 못하면 밀려버리고 말아요. 한 발 늦게 되는 거죠."

"그렇소. 이 점을 보완하지 못하면 지금처럼 일이 발생하고 난 다음에 개입하는 형태가 될 수밖에 없어. 제자는 희생자 자체가 나오는 걸 원치 않는 녀석이오. 하지만 지금은 악순환이야. 어느 정도의 희생자가 나온 다음에 윤곽이 잡히는 구조로는…… ."

"지금 가장 당면한 큰 과제는 역시 뱀파이어들이겠죠. 그렇죠?"

"그렇소. 일전에 제자와 겨루었던 몇몇 능력자들은 어쨌든 우리와 비슷한 형태로 능력을 전수받은 자들이었지. 그렇기 때문에 대량으로 양성될 수가 없었소. 하지만 뱀파이어는 진입 장벽이 쉬워. 그것이 문제란 말이오."

"음… 여보."

"말해보시오, 부인."

잠시 생각에 잠겨 있던 일리시아가 살짝 운을 뗐다.

약간 떨리는 말 끝.

무언가 대뜸 말을 내뱉기에는 망설여지는 그런 말인 듯해 보였다.

"우선 먼저 말부터 꺼내볼게요. 당신이 싫어할 수도 있으니까."

"지금 이런 말 저런 말 가릴 처지는 아니오."

"어쨌든 이 상황을 우리가 만들었다는 사실에는 공감하는 거죠? 책임도 우리에게 있다는 것도."

"물론이오. 그게 아니었다면 신경조차 쓰지 않았겠지."

일리시아의 말에 자르만이 고개를 끄덕였다.

한때는 이 상태로 연구를 중단하고, 현성에 대한 연결까지 끊을까 생각했었다.

사실 그래도 상관없었기 때문이다.

물론 한 번 무너진 시공의 균형은 강제적으로 복구할 수 없기에 오랜 시간을 기다려야만 했다.

하지만 어쨌든 자신들이 살고 있는 대륙에는 별일 없었고, 그저 잊어버린 채 살다가 명이 다해서 세상을 떠나면 그만이었다.

적어도 그때까지 세상이 격변할 만한 일은 없을 터였다.

하지만 자르만과 일리시아는 그런 무책임한 생각을 용납할 수 없었다.

자업자득(自業自得)이란 생각이었다.

때문에 책임을 져야 한다고 생각했고, 현성이 고군분투 하는 동안 자신들도 현성을 더 강하게, 더 효과적으로 도울 방법을 연구하고 있었다.

"그렇다면."

"그렇다면?"

"블랙 드래곤 로키스를 만나보는 게 어떻겠어요. 로키스가 가장 먼저 시공에 대한 실험을 했고, 연구를 했고, 또 마족들과의 전쟁에서 게이트를 봉인한 당사자이기도 하니까."

"…로키스를?"

로키스는 악명 높은 블랙 드래곤 중에 한 명이었다.

학구열이 높은 것은 인정 받을 만했지만, 괴짜 같은 성격은 악명이 높았다.

과거 마법 실험을 하기 위해 드래곤의 뼈가 필요한 적이 있었는데, 이를 위해 동료 드래곤이 묻힌 땅을 파내어 뼈를 재료로 쓴 적도 있었다.

드래곤들은 죽음 이후에도 시신을 온전히 보존하면 영생을 누릴 수 있다는 믿음을 가지고 있었기 때문에, 당시 그런 로키스의 행동은 수많은 드래곤들의 비난을 받았다.

뿐만 아니라 자신의 시공간 연구에도 큰 자부심을 가지고 있어, 인간들 중에 비슷한 연구를 하는 자들이 있으면 어떻게든 찾아내어 죽이곤 했었다.

"로키스라면 좋은 해답을 가지고 있을지 몰라요. 어쩌면 우리 제자를 도울 만한 조력자를 보내줄 수 있을 수도 있구요. 우리는 그럴 능력이 없지만, 로키스의 연구가 충분히 진행됐다면 가능할지도요. 수천 년을 연구해 온 블랙 드래곤이니까요."

"부인, 과거에 호기심이나… 여러 가지 정치, 외교적인 이유 등으로 드래곤을 만났던 마법사나 기사들이 보통 어떤 결말을 맞았는지는 기억하오?"

"뭐 대다수가 살아서 돌아오진 못했죠."

"뭐… 가 아니라 목숨을 내놓을 각오가 아니면 갈 수 없다는 얘기요."

"그럼 여행하러 가는 거겠어요? 당연히 목숨을 걸 각오로 가야죠."

자르만의 말에 일리시아가 되려 반문했다.

그녀는 이미 마음을 굳힌 것 같았다.

책임질 것은 확실하게 책임을 지자는 것이다.

그리고 열세 중에서도 고군분투 중인 제자에게 힘을 실어줄 방법을 모색해 보자는 것이었다.

"사지로 가는 일이오. 나 혼자면 충분해. 부인까지 나설 필요는 없소."

"아니에요. 저도 반드시 가야 해요. 이 일은 우리 두 사람이 시작한 거잖아요. 책임도 함께 져야 해요. 그리고 한 가지 더. 앞으로도 우린 연구를 계속 할 거구요. 이 모든 과정들은 연구의 밑거름이 될 거예요."

일리시아의 표정은 결연했다.

연구를 이어가겠다는 굳은 의지도 보였다.

이미 반평생을 살아온 마당에 목숨에 대한 미련이 있는 것은 아니었다.

다만 이 발걸음이 헛된 발걸음으로 끝이 나지 않을 지 그것이 걱정됐다.

로키스는 블랙 드래곤 중에서도 가장 인간을 경멸하는 자이기도 했기 때문이다.

"언제 출발할 수 있겠소, 부인?"

"자르만, 혹시 준비할 시간이 필요해요?"

"달리……."

"일어나요. 바로 출발하죠."

일리시아의 결정은 빠르고 신속했다.

자르만은 양피지에 적어나가던 마지막 문구를 매듭짓고는 서둘러 일리시아와 함께 자리에서 일어섰다.

제자가 살고 있는 세상의 인간들은 좀 더 영악하고 교활하다. 단순한 호기심에서 시작된 연구는 지금 중대한 전환점을 맞이하고 있다……

6장
조우

"후."

현성이 뜨거운 숨결을 토해냈다.

후드드득. 후드드득.

쏴아아아아.

어느새 밀려온 먹구름이 갑작스레 빗줄기를 쏟아내고 있었다.

방금 전까지도 맑았던 저녁 하늘은 어느새 자취를 감춰버린 뒤였다.

현성은 산길을 따라 빠르게 이동했다.

아직 예고 시간까지 남은 시간은 30분.

주변은 여전히 조용했다.

그렇게 이동하기를 3분 여.

찌릿—

현성의 뇌리를 스치고 지나가는 냉랭한 기운이 있었다.

살기였다.

평범한 사람은 느낄 수 없는 기운.

하지만 현성은 느낄 수 있었다.

마나의 흐름이 달라지기 때문이다.

아무런 방해물이 없는 자연의 마나들은 아주 미세한 움직임으로 고르게 흘러가며 균형을 유지한다.

하지만 갑자기 큰 움직임이 일어나거나, 혹은 마나의 흐름을 방해할 만한 기운을 가진 존재가 있게 되면 그 균형이 깨져 버렸다.

한 곳에서 무너진 균형이 연쇄효과로 주변으로 퍼져 나가기 때문에 마나의 흐름에 민감한 현성이 바로 몸으로 느낄 수밖에 없는 것이다.

현성은 바로 인비저블 마법으로 몸을 숨겼다.

위치는 어느 정도인지 바로 느껴졌다.

텔레포트로 충분히 접근 가능한 거리다.

영상에서 파악된 것은 총 네 명이었다.

어떤 능력을 가졌는지도 알 수 없는 정체불명의 4인.

현성은 이동과 동시에 펼쳐질 것이 분명한 전투 상황을 빠르게 시뮬레이션했다.

　그리고.

　"가볼까. 후우."

　현성이 다시 한 번 심호흡을 했다.

　대담하게 경찰들의 감시망을 이리저리 비웃으며 살인을
해왔고.

　이제 또 다음 살인을 준비하고 있는 놈들의 정체는 무엇일
까.

　파앗―

　파공음이 일고.

　이내 현성의 모습이 빗줄기를 가르며 사라졌다.

　파아앗!

　같은 시각.

　쏟아지기 시작한 빗줄기에 막 자리를 털고 일어서려던 네
남매는 자신들이 모여 앉은 자리 바로 옆에서 들려온 소리에
반사적으로 방어 자세를 취했다.

　"허."

　"설마?"

　아무것도 없던 빈 공간에 사람의 인영(人影)이 생겼다.

　그리고 검은 복면으로 얼굴을 가린 사내 한 명이 모습을 드
러냈다.

"허허허."

"이 새끼, 온 것 같은데?"

"은신이었나? 흩어져!"

그들은 바로 현성의 등장을 알아차렸다.

이런 특별한 능력을 보여줄 수 있는 사람은 현성밖에 없었기 때문이다.

김현은 자신과 동류의 능력일 것으로 생각했다.

텔레포트에 대한 개념까지는 없었기 때문이다.

은신을 해서 접근을 해왔고, 여기서 모습을 드러낸 것이라 생각했다.

"잘 찾아온 것 같군."

현성이 바로 쉴드를 펼쳤다.

기습적으로 이동을 해 왔다고 생각했는데, 이미 놈들은 사방으로 흩어져 있었다.

당황한 탓인지 얼굴은 가리지 못했다.

현성의 두 눈은 빠르게 네 사람의 얼굴을 기억했다.

바로 그때.

"……!"

여인, 이연화와 눈이 마주쳤다.

그 순간 현성은 갑자기 시야가 흐릿해지며 순간적으로 집중력이 흐트러지는 것을 느꼈다.

눈을 마주본 것만으로도 일시적으로 초점을 잃은 느낌.

그녀는 빤히 자신을 응시하고 있었다.

'이런 거였나.'

현성의 판단은 빨랐다.

이 정도의 압박을 견뎌낼 정신력은 충분했다.

지이이이이이이잉!

"큭!"

하지만 거기서 끝이 아니었다.

가장 먼 거리에서 자신을 지켜보고 있던 창백한 피부의 남자 하나가 있었다.

그러자 마치 머리를 쇠몽둥이로 얻어맞은 것처럼 두개골이 깨질듯한 고통이 밀려왔다.

휘리리리릭! 푸슉!

"크윽!"

"캬하하! 명중!"

현성이 채 신경을 쓰지 못한 사이.

신현철이 날린 작은 단도 하나가 현성의 왼쪽 팔뚝에 꽂혔다.

현성이 이연화와 이원식의 교란에 타깃을 잃은 사이, 빈틈을 그대로 공략당하고 만 것이다.

완벽한 팀플레이였다.

스으으윽!

그때, 현성은 눈 앞으로 무언가가 달려드는 것을 느꼈다.

보이지는 않지만, 확연하게 느껴지는 사람의 기운이었다.

'투명화인가.'

파앗!

현성이 블링크를 시전했다.

그러자 방금 전, 현성이 있던 자리 위로 김현의 인영이 빠르게 스쳐 지나갔다.

그의 오른손에는 날카로운 대검이 들려져 있었다.

뚝— 뚝—

단도가 꽂힌 왼팔에서는 피가 흘러내리고 있었다.

상대의 수가 많아 힐링을 시전하기에는 여유로운 시간이 없었다.

파악은 어느 정도 된 것 같았다.

네 명의 남녀.

그들은 각각 은신, 저격, 매혹, 정신 교란 등으로 특기를 분담하고 있는 것 같았다.

일반인이었다면 그들의 능력을 상식의 선에서 예상조차 못했겠지만, 현성은 달랐다.

현성에게 있어 은신이나 정신제어 같은 기술 들은 불가능한 것이 아니었기 때문이다.

경찰과 경호원들, 그리고 피해자들이 손을 써볼 새도 없이 당한 것도 이해가 갔다.

이런 식이라면 그 누구도 견뎌낼 재간이 없을 터다.

그렇다면 넷 중에 누구를 먼저 타깃으로 잡는 것이 좋을 것인가.

가장 눈에 많이 띄는 것은 김현과 신현철이었다.

하지만 현성의 시선은 가장 멀리서 자신을 응시하고 있는 이원식에게로 향했다.

초각을 다투는 전투 상황에서 잠깐의 망설임은 죽음으로 이어질 수도 있었다.

현성은 마법을 배우고, 수련하고, 깨닫는 과정에서 그런 정신적인 압박에 대해 어느 정도 면역을 가지고 있기는 했다.

하지만 잠깐 집중력이 흐뜨러진 사이, 빈틈을 허용하면 그때는 끝장이었다.

이 네 명의 일행들 중에 있어 가장 중요한 핵심은 이원식이라고 생각한 것이다.

"제법이군!"

파앗.

현성이 매직 미사일을 캐스팅했다.

그러자 양손에 일순간 바람이 일며 두 개의 굵직한 바람 구체가 만들어졌다.

현성의 시선은 김현과 신현철을 향해 있었다.

"신기해… 아주 신기해……."

김현의 눈빛은 호기심으로 가득했다.

신현철은 김현의 뒤에서 오른손에 든 단도 하나를 만지작

거리며 때를 보고 있었다.

"간다!"

후우웅!

현성이 매직 미사일 구체를 날렸다.

역시나 그들은 기민했다.

비바람 사이를 가르며 구체 두 개가 날아들자, 물방울이 비산하는 것을 보며 경로를 확인한 김현과 신현철이 힘껏 몸을 날려 공격을 피해냈다.

마치 예상한 듯한 반응이었다.

하지만 현성의 노림수는 당연히 그것이 아니었다.

"블링크!"

파앗!

현성의 신형이 빠르게 움직였다가 다시 나타난 곳은 바로 이원식의 앞이었다.

"원식아!"

이연화가 소리쳤다.

그녀도 예상하지 못한 현성의 변칙적인 움직임이었다.

눈에 보이는 무력에서 앞서는 것이 김현과 신현철인만큼, 당연히 그들에 대한 공격에 집중할 것이라 생각한 찰나.

현성이 블링크 마법으로 이원식에게 접근하자 당황한 것이다.

블링크에 대한 이해가 없는 그들로서는 당연한 반응이었다.

꽈악!

현성이 바로 이원식의 멱살을 움켜쥐었다.

"큭! 젠장……!"

이원식의 표정이 일그러졌다.

하지만 당황한 와중에도 현성의 정신을 교란시켜 보려는 듯, 계속해서 현성을 응시하며 무언가를 시도했다.

간섭이 있었다.

머리가 지끈거리는 고통이 찾아왔다.

하지만 견딜 만했다.

이 정도는 고된 마법 수련을 할 때 느꼈던 정신적인 통증보다도 약한 수준이었다.

하지만 현성은 여기서 그들의 방심을 유도하기로 했다.

"크윽……!"

현성이 머리를 움켜쥐며 무릎을 꿇고 쓰러졌다.

마치 이원식의 공격에 당한 것처럼.

고통에 찬 표정으로 머리를 쥐어뜯은 채, 고개를 좌우로 뒤흔들었다.

그렇게 고개를 이리저리 돌리던 찰나.

저 멀리서 기세 좋게 달려들고 있던 김현과 신현철의 모습이 보였다.

현성은 여전히 고통에 찬 체, 몸을 비틀며 기회를 노렸다.

그리고.

"한 번 더!"

신이 난 신현철이 자신을 향해 단도를 내던지는 것이 보였다.

동시에 김현의 모습이 사라졌다.

단도 공격이 실패하더라도, 그 틈을 타 쇄도한 김현이 공격을 이어갈 요량인 듯 보였다.

"후."

현성이 심호흡을 하고는 동시에 헤이스트 마법을 전개했다.

스핏!

일순간에 현성의 몸이 도약하며 지면을 박차고 오르자, 질펀하게 변해 있던 진흙이 앞으로 튀었다.

동시에 현성의 몸이 좌측으로 회전하며, 전광석화(電光石火)와도 같은 속도로 신현철에게 쇄도해 들었다.

"어?"

예상을 뛰어넘는 변칙적인 움직임이었다.

허를 찔린 것은 신현철이었다.

지이이잉! 콱!

"컥!"

마나 건틀렛으로 강화 된 악력은 그대로 신현철의 목을 움켜쥐었다.

신현철은 순간 숨이 턱 막히는 느낌과 함께 마치 눈알이 터져 나가버릴 것만 같은 압력을 느꼈다.

현성의 악력이 무시무시했던 것이다.

휘릭!

그 와중에도 초인적인 힘을 발휘해, 신현철은 단도의 끝자락을 잡았다.

현성의 몸 어디에든 박아 넣을 생각에서였다.

하지만 이를 허용할 현성이 아니었다.

"하아아아앗!"

현성이 일갈하며 그대로 신현철의 몸을 지면으로 내려꽂았다.

쿠우웅!

무거운 바윗덩어리가 떨어지는 듯한 둔탁한 소리.

빠각!

동시에 신현철의 입에서 비명 소리가 터져 나왔다.

"끄아아아아악!"

신현철이 단도를 들고 있던 오른손의 팔꿈치가 꺾여져서는 안 될 방향으로 꺾여 있었다.

이미 힘을 잃어버린 손은 쥐고 있던 단도를 놓쳐버렸다.

하지만 그 와중에 신현철은 놀라운 정신력을 발휘했다.

왼쪽 허리춤에 꽂아두었던 단도 하나를 왼손을 이용해 뽑아낸 것이다.

"크아, 이 새끼!"

푸욱!

"으윽!"

이번에는 현성이 일격을 당한 꼴이 되었다.

왼쪽 팔뚝에 이어 왼쪽 허벅지를 파고든 단도가 고통스럽게 살점을 휘저었다.

악에 받친 신현철의 발악이었다.

"크으윽!"

현성이 신현철의 목덜미를 여전히 움켜쥔 채로, 멀리 보이는 이연화를 향해 던져버렸다.

그리고 순간을 틈타 자신에게 빠르게 접근 중인 김현의 신형을 바로 파악했다.

눈으로 볼 수는 없었지만, 감각으로는 느낄 수 있었다.

빠지지직!

현성은 지체 없이 라이트닝 스트라이크를 전개했다.

점점 빗줄기가 굵어지고 있는 지금.

전격 계열의 공격 마법만큼 효율이 좋은 것도 없었다.

"으끄아아아악!"

허공으로 뻗어져 나간 전류가 자연스럽게 김현의 몸을 집중적으로 공격했다.

당연한 원리였다.

거기에 빗줄기로 인한 물기가 그 힘을 배가 시켰다.

다른 것은 피하거나 정신력으로 그 고통을 버틸 수 있을지 모르겠지만, 이것만큼은 예외였다.

본인의 의지와 관계없이.

전류에 감전된 몸은 이리저리 뒤엉켜 움직였다.

"크윽, 젠장."

공격을 이어 나가려던 현성이 신음을 터뜨렸다.

신현철에게 처음 당한 일격, 그리고 방금 전의 공격으로 입은 상처가 생각보다 심했다.

파아아아앗— 찌잉—!

그때.

현성이 고통을 이겨내기 위해 이를 물고 참아내려는 그 즈음.

갑자기 눈앞이 번쩍 하더니, 일순간에 아무것도 보이지 않는 어둠이 찾아왔다.

아차 싶었다.

아주 잠깐, 현성의 집중력이 흐트러진 사이.

다시 정신을 차린 이원식이 현성의 빈틈을 공략한 것이다.

찰나의 순간이었지만, 이들 네 남매가 어떻게 효율적으로 타깃을 공략해 왔는지 감탄하게 만들 정도였다.

동시에 현성은 우선 블링크 마법으로 현재의 자리를 벗어나려 했다.

타타타타탁!

서걱!

"어림없어!"

"……!"

하지만 한 발 늦었다.

이연화가 쓰러진 신현철로부터 넘겨받은 단도 한 자루로 현성의 옆구리를 베고 지나간 것이다.

동시에 현성의 시야가 원래대로 돌아왔지만, 이미 일은 벌어진 후였다.

"젠장……."

현성이 입술을 질끈 깨물었다.

예상치 못한 고전이었다.

수적 열세.

그리고 효과적인 분담 공격은 현성을 고전하게 만들었다.

신현철도 어느새 덜렁거리는 오른팔을 움켜쥔 채로 몸을 일으키고 있었고, 김현도 전신을 감쌌던 고통에서 벗어나 추스르는 모습이었다.

이원식은 아예 이연화의 뒤에 숨어 있었다.

"제법이군. 그런데 재밌어! 클클클클!"

김현이 진흙탕이 된 옷을 털어냈다.

"왜 대장이 이놈에게 관심을 가졌는지 알 것 같아. 이봐, 당신. 왜 혼자서 그렇게 영웅놀이를 하는 거야? 그런다고 누가 알아줘? 돈이라도 주냐구?"

이어서 이연화가 소리쳤다.

현성은 대꾸할 가치를 느끼지 못했다.

애초에 생각하는 출발점이 다른 사람들이다.

이해시키려 하는 것은 의미 없었다.

이해가 가능했다면, 이렇게 무자비한 살인마들이 되진 않았을 것이다.

"후……."

현성이 호흡을 고르며, 전투 도중에 곳곳에 펼쳐두었던 마나의 흐름을 캐치했다.

잠시간의 소강 상태.

서로가 서로의 눈치를 보는 가운데, 현성은 가장 효과적으로 이그나이트를 전개할 기회를 보고 있었다.

그리고.

현성의 손끝에서 작은 불길이 일었다.

화르르르르륵!

새빨간 불길이 사방에서 솟았다.

가장 집중 타깃이 된 것은 다름 아닌 이원식이었다.

"아악!"

순식간에 타오른 불길이 이원식의 몸 전체를 감쌌다.

현성이 가장 먼저 이원식과 맞부딪혔을 때, 흘려놓은 마나 대부분이 그 주변에 흩어져 있었던 것이다.

육탄전이라면 수적인 열세도 충분히 극복할 수 있다는 것이 현성의 생각이었다.

하지만 이연화나 이원식처럼 원거리에서 상대를 교란시킬 수 있는 적이 있다면 얘기가 다르다.

제아무리 능력이 좋다고 해도 사람의 머리에는 한계가 있고, 필연적으로 어느 한 부분에만 신경을 쓸 수밖에 없는 시점이 온다.

다시 말해서 김현과 신현철과의 전투에 집중하다 보면 서로 일격을 주고받게 되게 마련이고, 회피하거나 반격하는 과정에서 생각의 폭이 좁아질 때.

그때, 이원식의 정신 교란이나 이연화의 미혹에 걸려들고 마는 것이다.

이연화의 공격 방식을 깨달은 현성은 그녀와 시선 교환을 일체 하지 않고 있었기 때문에, 당연히 타깃은 이원식이 될 수밖에 없었다.

"원식아! 아앗, 뜨거워!"

당황한 이연화가 이원식의 몸 전체에 번진 불길을 잡아주려 했지만 소용없었다.

마나의 힘으로 타오르는 불길은 쏟아지는 빗줄기에도 쉬이 가라앉을 줄을 몰랐다.

현성은 고통으로 비틀거리는 이원식을 향해 다시 한 번 윈드 스피어를 캐스팅했다.

그리고 지체할 것 없이 이원식의 뒤통수를 향해 윈드 스피어를 시전했다.

샤아아아아아아!

"안 돼!"

"크아아! 아아아아! 아아아아아아악!"

이연화가 소리쳤지만 소용없는 외침이었다.

이미 엄청난 작열통이 그를 괴롭히고 있었다.

주변의 목소리에 귀를 기울일 새가 없었다.

뻐어어억!

"……!"

그리고.

현성이 날린 날카로운 윈드 스피어 구체가 정확히 이원식의 뒤통수에 명중했다.

그 순간, 이원식의 머리가 앞으로 확 접혔다가 원상태로 돌아왔다.

하지만 그의 숨통은 끊어져 있었다.

목뼈가 부러진 이원식의 머리는 원래의 자리로 되돌아오는가 싶더니, 이내 힘을 잃고 앞으로 숙여졌다.

목 뒤의 피부를 찢고 나온 목뼈는 그의 최후를 완벽하게 증명해 주고 있었다.

"아……."

눈앞에서 동생의 죽음을 목격한 이연화의 표정이 하얗게 질려 버렸다.

자신들이 남을 죽이는 것에 대해서는 생각해 봤어도.

누군가에게 죽임을 당하는 것에 대해서는 한 번도 생각해 본 적 없는 그들이었다.

순식간에 불길에 휩싸여 목숨이 끊어진 동생을 보고 충격을 받은 탓일까.

마치 약속이라도 한 것처럼 이연화도, 신현철도, 김현의 움직임도 멈췄다.

동정이나 인정 같은 것은 없었다.

그들이 혈연을 나눈 형제여도 상관없었다.

피를 나눈 지간이라고 해서 그들의 악행이 정당화된다?

그중에 하나가 죽었다고 해서 슬픔을 동정해 준다?

잊을 수조차 없는 일이었다.

현성은 지난번 김성일을 상대했을 때처럼, 한 명은 반드시 살려둘 생각이었다.

놈이 협조를 해줄지 아닐지는 그 다음에 생각할 일이다.

현성은 타깃을 이연화로 잡았다.

그녀가 이들 네 명 중에서 가장 팀 내 기여도가 낮고, 그만큼 자신의 능력에 대한 자부심이라던가 자신감도 적을 것으로 생각했기 때문이다.

"그렇다면!"

현성은 다시 김현과 신현철에게로 방향을 잡았다.

"음?"

한데 두 사람이 있어야 할 자리에 아무것도 없었다.

그리고 어느새 저 멀리 산자락을 따라 전속력으로 내려가고 있는 김현과 신현철의 모습이 눈에 들어왔다.

방향은 강영철의 저택 쪽이었다.

이대로 저택으로 밀고 들어가려는 것일까?

현성은 우선 마나 건틀렛을 형성시켰다.

그리고 재빠르게 이연화에게 다가간 뒤, 그녀의 복부에 가감 없이 힘을 가득 실어 주먹을 박아 넣었다.

퍼억!

"끅……."

현성의 강한 일격에 이연화는 반항할 새도 없이 앞으로 고꾸라졌다.

퍼억!

현성은 쓰러진 이연화의 머리 위로 다시 한 번 주먹을 내려 꽂았다.

눈앞에 있는 상대가 남자이고 여자이고는 상관없었다.

그저 적일 뿐.

현성은 이후를 위해 이연화를 기절시켜 놓은 뒤, 빠르게 김현과 신현철의 뒤를 쫓기 시작했다.

*　　　*　　　*

"하… 시발 새끼, 후, 이렇게는 안 죽어. 나만 죽지 않는다고. 얼마나 잘난 새끼인지 보겠어. 후우, 후우."

"형, 저기! 저 놈으로 승부를 보자고. 저 늙은이!"

신현철이 소리치며 손가락으로 가리킨 곳에는 노인 하나가 힘겹게 길을 걷고 있었다.

우산 없이 나온 산책길이라, 갑작스레 내린 비에 노인은 종종 걸음으로 집을 향해 걷고 있었다.

티비가 아니면 사건 사고에 대한 이슈를 알 리 없는 노인이었기에, 불과 몇 백 미터 거리를 두고 있는 강영철의 집 근처에 취재진들과 경찰차들이 쫙 깔렸다는 사실도 모르고 있었다.

파팟!

김현이 몸을 날렸다.

뒤에서 현성이 쫓아오고 있다는 사실에 다급했는지, 그 와중에 발을 헛디뎌 몇 발을 앞으로 구를 정도였다.

턱!

김현은 노인의 멱살을 움켜쥐었다.

그리고 품속에서 꺼낸 단도로 노인의 목 언저리를 위협했다.

"어이, 할아버지. 괜히 소리 지르거나 살려달라고 애원할 소리 말라고. 잠자코 있어. 안 그럼 죽여버릴 테니까."

"아구구구… 누구요? 당신들은 누구요?"

"닥치라 했지!"

퍽!

"어억! 어이고……."

김현이 노인의 옆구리에 주먹을 박아 넣자, 노인이 이내 몸을 축 늘어뜨리며 신음을 토해냈다.

누가 봐도 약한 노인이었다.

하지만 김현과 신현철은 망설임 없이 노인을 인질로 삼았다.

"……."

그러는 사이, 현성이 도착했다.

벌써 상황은 벌어진 뒤였다.

"어이, 너가 그렇게 잘났어? 영웅놀이? 좋다 이거야. 어디 이 할아버지도 구하고, 우리도 죽여보지 그래? 물론 난 혼자 죽을 생각은 없어서 말이야. 뭐! 까짓 영웅놀이 이런 늙은이 하나 죽는다고 나쁘진 않겠네! 난 세상을 구했으니 이 정도 희생은 어쩔 수 없었다, 하면서 정신승리나 하면 될 테니 말야!"

김현이 소리쳤다.

신현철은 여전히 너덜거리는 오른팔을 움켜쥔 채, 김현의 뒤에서 현성을 노려보고 있었다.

빗줄기가 더 굵어진 탓에 사방은 온통 빗소리로 가득했다.

그 때문인지 그다지 멀지 않은 거리임에도 저 멀리 보이는 취재 차량이나 경찰차의 불빛은 이쪽을 향하지 않고 있었다.

"비겁하게 죄 없는 사람을 방패막이로 삼을 생각은 마라. 정정당당하게 덤벼라. 상대해 주마."

"개소리 말라니까? 난 너 같은 영웅이 아니라서 말이에요—"

김현이 현성을 도발했다.

동시에 노인의 움켜쥔 손을 바짝 잡아당겨, 좀 더 자신에게로 끌어왔다.

"어이고… 젊은이, 나 좀 살려주시오. 어이고…….'

현성은 김현과 신현철을 번갈아 응시했다.

신현철은 현성에게 당한 부상이 심해 보였다.

게다가 오른손잡이인지 왼손으로는 도통 자신을 노리려하는 기색이 보이지 않았다.

제대로 컨트롤이 되지 않는 왼손으로는 아무리 시력이 좋고, 시야가 넓다고 한들 쓸모가 없을 것이다.

결국 핵심은 김현이었다.

다만 현성이 다가서는 낌새라도 보이면, 김현은 주저 없이 노인의 목에 단도를 박아 넣을 공산이 컸다.

인질이 된 노인에 대한 동정이라던가 연민 따위를 기대할수는 없어 보였다.

'그렇다면.'

현성은 좀처럼 써먹어 볼 기회가 없었던 마법 하나를 이 기회에 활용해 보기로 했다.

어느 정도의 리스크도 예상됐다.

하지만 지금은 블링크라든가 헤이스트 따위도 도움이 되지 않을 듯해 보였다.

현성의 모습이 시야에서 사라지는 그 순간, 김현은 노인을 죽일 것이다.

현성이 조심스럽게 마나를 결집시키기 시작했다.

그리고 아주 천천히 티나지 않게 무색의 마법 구체를 형성시키기 시작했다.

마인드 컨트롤.

상대의 정신을 제어하는 마법이었다.

마인드 컨트롤 마법은 간단한 아이 컨택이나 정신집중만으로 이루어지는 것은 아니었다.

그렇게 해서 가능한 마법이었다면, 아마 마법사들의 세상에서는 각자 눈빛만 교환하면서 서로의 정신을 제어하려 시도하는 무음(無音)의 전쟁이 치열했을 것이다.

마인드 컨트롤에 선행되어야 할 것은 상대가 느끼지 못하도록, 혹은 강제적으로 마나를 주입하는 것이었다.

자신의 것이 아닌 이질적인 마나가 밀려들어오게 되면, 몸은 바로 거부 반응을 일으키게 된다. 물론 마나라는 것이 존재하지 않는 자라면 그런 거부 반응은 일어나지 않는다.

어찌되었건 거부 반응을 일으키는 그 순간, 시전자는 대상자에게 마인드 컨트롤을 시전한다.

여기서 만약 대상자의 경지가 더 높아 충분히 방어가 가능한 경우에는 마인드 컨트롤의 시도 자체가 성립하지 않고, 오히려 역으로 연결고리를 물려 시전자가 위험해질 수 있었다.

하지만 그렇지 않다면, 체내로 파고든 마나가 전신으로 퍼져 나가면서 자연스럽게 정신을 제어할 수 있게 되는 것이다.

물론 시간에 비례해 폭발적으로 소모되는 마나량으로 장시간의 마인드 컨트롤은 불가능했다.

하지만 애초에 마인드 컨트롤은 단기간에 승부를 보는 마법이었다.

상대의 정신을 제어해 자해(自害)를 하게 만들거나, 자결하도록 만드는 일은 불과 몇 초만 주어져도 해낼 수 있는 일이었다.

"왜? 겁먹었어? 이 할배가 죽으면 너도 욕먹을 것 같지? 그렇지? 자, 딜을 하자고. 이 할배는 살려줄게. 대신 우리도 갈 길 가야겠어. 물론 안전하다고 판단하기 전까지 이 할배는 못 놔주겠지만. 아무 말 없이 보내주면, 적어도 죽이지는 않을 거야. 어때?"

김현은 노인을 최고의 카드로 잡았다고 생각하고 있는 것 같았다.

현성이 별다른 움직임을 보이지 않자, 더욱 기가 올랐다.

신현철도 입가에 비소를 머금은 채, 현성을 노려보고 있었다.

하지만 그건 큰 착각이었다.

이미 사전 작업은 거의 다 끝나가고 있었다.

그리고.

"……!"

현성의 두 눈이 번뜩였다.

그 순간, 김현의 초점이 흐트러졌다.

마치 무언가에 홀린 사람처럼 정면을 응시한 채 아무런 반응도 보이지 않았다.

"헤이스트!"

현성이 바로 돌진했다.

현성에게 순간적으로 정신을 제어당한 김현은 자신도 모르는 새에 노인을 앞으로 툭 밀어버렸다.

"어이쿠!"

앞으로 밀려나온 노인.

현성이 바로 노인의 몸을 양손으로 붙잡은 뒤.

팟—

바로 블링크 마법을 전개했다.

그러자 김현과 신현철로부터 15m 정도 떨어진 거리로 빠르게 이동했다.

"할아버지."

"어이쿠, 젊은이. 지금 내가 무슨 일을 겪고 있는 거요……?"

경황이 없는 탓인지 노인은 그 와중에 자신이 10m가 넘는 거리를 순간이동했다는 사실을 깨닫지 못했다.

"이 길을 따라 쭉 가세요. 저 놈들이 오지 못하게 막을 겁니다. 아무 걱정 마시고 집으로 뛰어가세요. 그리고 신고해 주십시오. 저 산자락에 살인자 한 명이 있습니다."

"젊은이… 괜찮겠나?"

"전 괜찮으니 본인부터 생각하시고 어서 가세요!"

"아, 알겠으이!"

노인은 현성의 말이 끝나기가 무섭게 온 힘을 다해 달리기 시작했다.

다행스럽게도 노인은 급박한 현재의 상황을 파악하고, 최대한 이성을 붙잡고 있는 듯싶었다.

그렇지 않았다면 놀란 가슴을 진정시키는 데에도 한참의 시간이 걸렸을 것이다.

"형! 형, 뭐하고 있어!"

신현철이 멍하니 전방을 바라보고 있는 김현을 흔들었다.

현성의 마법은 강력했다.

제 아무리 날고 기는 김현이라고 해도, 현성이 순간적으로 모든 마나를 집중시켜 이루어 낸 마인드 컨트롤에는 당해낼 재간이 없었다.

실전에서의 첫 사용.

생각보다 효용 가치가 높았다.

상대의 경지가 높고, 이런 정신적인 교란에 면역이 되어 있는 사람이라면 수월하지 않겠지만.

대다수의 '적'들은 충분히 상대가 가능해 보이는 마법이었다.

현성은 기세를 몰아가기로 했다.

또다시 김현이 정신을 차리고, 다른 방패막이를 찾을 생각을 한다면.

목표지는 취재진과 경찰들이 가득한 강영철의 저택 앞이 될 것이다.

현성은 다시금 헤이스트 마법을 이용해 김현과 신현철의 코앞까지 접근했다.

"억!"

현성이 왼손을 뻗어 김현의 목을 움켜쥐었다.

그리고.

쉬이이이이이익! 뻐억!

온 힘을 다해 김현의 얼굴을 정면으로 가격했다.

현성이 보통 이런 경우에 공격형 마법을 사용하지 않고 직접 주먹을 쓰는 이유는 간단했다.

상대에게 몸으로 직접 와 닿는 가장 기본적인 고통을 안겨줌으로써, 괴로움과 두려움을 유발시키기 위해서였다.

또한 자신을 위한 것이기도 했다.

"으컥!"

김현이 신음을 토해내며, 입과 코로 피를 쏟아내기 시작했다.

모든 힘이 실린 현성의 일격은 강력했다.

자신의 목숨을 부지하기 위해 죄 없는 노인의 목숨마저도 망설임 없이 취하려 했던 놈들.

그 어떤 이유로도 용서하고 싶지 않았다.

"혀, 형을 놓아줘. 제발!"

옆에 있던 신현철이 소리쳤다.

김현은 이미 현성의 일격에 넋이 나간 듯, 현성의 손끝에 매달린 채로 피를 쏟아내고 있었다.

툭.

현성이 김현을 앞으로 내던졌다.

그리고 자신을 향해 단도를 든 왼손으로 좌우를 휘저으며 위협하고 있는 신현철을 노려보았다.

"라이트닝 스트라이크!"

빠지지지직! 빠직!

"으아아아아아악!"

하지만 허튼 발악일 뿐이었다.

현성의 라이트닝 스트라이크가 작렬하자, 신현철의 몸이 격하게 뒤틀렸다.

타타타타타탁!

척! 푸욱!

"······!"

그리고 순식간에 파고든 현성이 신현철의 왼손을 움켜쥔 뒤, 그대로 턱 아래를 향해 끌어당겼다.

"꺽······."

신현철 자신이 왼손에 들고 있던 단도는 어느새 턱 아래를 뚫고 올라가 있었다.

동시에 신현철의 두 눈이 시뻘겋게 물들었다.

세상이 마치 붉은 비가 내리는 것처럼 녹아내리고 있었다.

그리고 더 이상 아무것도 보이지 않았다.

김현의 운명도 크게 다르지 않았다.

정신을 차릴 즈음에 들어온 현성의 일격은 김현의 혼을 쏙 빼놓았다.

현성은 강화 된 마나 건틀렛의 힘으로 비틀거리는 김현의 왼쪽 가슴에 그대로 주먹을 박아 넣었다.

으드드득.

김현의 왼쪽 갈비뼈가 부러지며, 뼛조각이 그대로 심장을 꿰뚫었다.

즉사였다.

김현과 신현철은 나란히 양 옆에서 고꾸라진 채로 최후를 맞이했다.

그들은 뱀파이어가 아니었기 때문에, 숨이 끊어져도 몸은 여전히 제자리에 남아 있었다.

곧 발견될 것이다.

그리고 그동안 수합된 CCTV 정보 등과 대조해 보면 모든 것이 알려지게 될 터였다.

지금 보란 듯이 저마다 착용하고 있는 가면들이 증명해 주고 있었다.

쏴아아아—

빗줄기는 이제 폭우로 변해가고 있었다.

쏟아지는 빗줄기 사이로 처량하게 두 남자의 몸이 늘어져 있었다.

자신의 능력만 믿고, 선악을 구분할 줄 몰랐던 자들의 최후였다.

"……."

현성은 다시 산 쪽을 바라보았다.

아직 처리하지 않은 한 사람이 남아 있었다.

남매의 셋째, 이연화였다.

블랙에 대한 정보를 얻는 데는 한 사람이면 충분했다.

물론… 그녀의 최후도 다른 오빠, 남동생들과 별반 다를 바 없을 것이다.

인정을 둘 생각도 없었다.

여자이기 때문에… 같은 이중잣대를 들이댈 생각도 없었다.

"후."

현성이 한숨을 토해내고는 주머니 속에서 휴대폰을 꺼내 전화를 걸었다.

수신자는 박 신부였다.

―현성 씨, 무슨 일입니까? 이제 막 도착했던 차인데. 생각보다 일이 빨리 끝났거든요.

"혹시 조용한 공간을 구할 수 있을까요. 주변 사람들과 완벽하게 격리된 그런 곳."

현성의 냉랭한 목소리에 어느 정도 상황을 직감한 것일까?

박 신부는 이런저런 이야기 대신, 질문의 요점만 파악하고는 바로 답을 건넸다.

―물론입니다. 제가 직접 가죠.

"여기는……."

빠르게 대화가 오고 갔다.

부우우웅!

그리고 단숨에 밖으로 달려 나온 박 신부가 차에 시동을 걸고, 급히 엑셀을 밟았다.

검고도 매캐한 연기를 내뿜으며.

박 신부의 차는 빠르게 보육원을 빠져나와 현성에게로 향했다.

7장
내 아버지의 원수

"녀석들은?"

"돌아오지 않았어요. 강영철 저 사람도 보란 듯이 살아 있네요. 호호."

저는 외부의 압력에 굴복하지 않을 것입니다. 떳떳하게 조사를 받고, 무혐의를 입증하겠습니다.

경찰은 강영철 씨의 저택 인근에서 발견 된 세 남성의 시신과 입고 있었던 복색, 그리고 일전의 예고 살인에서 CCTV로 확인된 범인들의 모습과 대조해 본 결과… 동일인인 것으로 확인했습니다. 하지만 왜 이들이 여기서 살해된 채로 발견되었는지, 누구에 의한 것인지는 밝히지 못하고 있습니다. 최초 신고자의 말에 따르면 누군가와의 난투극이 있었다고 합니다. 하지만 아직 현장 상황을 완벽하게 기억해내지는 못하고 있어, 수사에 속도가 붙는 데에는 다소 시간이 걸릴 전망입니다.

뉴스 보도는 강영철의 성명과 그의 저택 근처에서 죽임을 당한 남매 셋에 대한 보도를 하고 있었다.

"후우. 후우."

신정우는 푸쉬업을 하며 몸을 단련하고 있었다.

돌아왔을 법한 시간에 그들로부터 소식이 없자 혹시나 했는데, 역시나였던 것이다.

"쓸 만한 정보들은 모아두었어요. 설치해 둔 카메라들로부터 수집한 놈의 정보들요."

"USB에 담아 줘. 계속해서 챙겨 볼 거니까."

"알았어요."

신정우와 대화를 나누고 있는 사람은 김성희였다.

바로 박 신부의 정보원이 두 눈으로 확인했던 뱀파이어들의 '그분'이었다.

그녀는 컴퓨터 위에서 몇 번 버튼을 클릭해서 동영상 파일을 USB로 옮긴 뒤, 방금 전까지 공들여 만들고 있던 한 밀랍 인형 앞으로 발걸음을 옮겼다.

"흐음… 뼈대는 이 정도만 해두고. 얼굴도 이 정도면 잘 만들어진 것 같아요. 관절이라든가 뼈마디도 만족스럽고… 조금 더 손을 댄다고 하면, 당신이 요즘 근육이 부쩍 붙었으니까 가슴과 삼두박근 정도?"

김성희가 밀랍 인형의 상체 여기저기를 어루만졌다.

그러자 신정우가 자리에서 일어섰다.

정면에 놓인 밀랍 인형.

그것은 자신을 쏙 빼닮은 인형이었다.

살아 숨쉬지만 않고 있을 뿐, 만약 누군가가 사진을 찍어 비교해 본다면 누가 인형이고 누가 진짜 사람인지 모를 정도의 퀄리티였다.

"가슴은 좀 더 키우는 게 좋겠군. 얼굴은… 잘 만들었어. 내 거울을 보고 있다고 해도 믿을 정도겠군. 후후."

신정우는 만족하는 눈치였다.

김성희의 솜씨는 예술이었다.

텅 빈 시체에 숨결을 불어넣어 움직이게 만들고, 사람을 쏙 빼닮은 밀랍 인형을 만들어 조종하는 일.

그것은 정말 그녀만이 가진 특별한 능력이었다.

"이건… 폐기하는 게 좋겠죠?"

김성희가 신정우의 밀랍 인형 오른쪽에 널브러져 있는 인체(人體) 하나를 가리켰다.

김양철이었다.

아니, 정확히 말하자면 김양철이었던 몸이었다.

김성희에 의해 현성과 싸우기도 하고, 몇 차례의 실전에도 투입되긴 했었지만.

인체의 손상 상태가 점점 심해지고 있어 용도가 마땅치 않아진, 이제는 폐기물이 된 몸이었다.

"쓸 만큼 썼으면, 이젠 필요 없지."

신정우가 고개를 저으며, 다시 운동을 하던 자리로 돌아갔다.

한때 자신에게 충성을 맹세하고 따르던 부하였지만, 이젠 사라진 장기말일 뿐이었다.

그러자 김성희가 허공을 향해 휘휘 손짓을 하기 시작했다.

터벅. 터벅.

어느새 일어난 김양철의 몸이 무표정한 얼굴로 작업실 구석에 마련된 '처리기'로 향했다.

처리기는 쓸모가 없어진 인체들을 갈아 없애는 그런 기계였다.

강한 열을 가함과 동시에 으깨고 부숨으로써 마치 다진 고기를 만든 것처럼 인체를 없애버리는 그런 물건이었던 것이다.

누가 보면 괴상하게 여길, 비위가 약한 사람이면 그 소리조차 끔찍해 할 물건이었지만……

빠득! 우드드드득! 와드드득!

김성희와 신정우는 이내 처리기에서 들려오는 기괴한 소리들을 들으면서도 별다른 미동 없이 저마다의 일을 이어갔다.

신정우는 더욱 몸을 단련하고.

김성희는 신정우의 밀랍 인형의 부분 부분을 또다시 다듬었다.

"어떻게 할 거예요? 일단 첫 번째 팀은 놈에게 잡혔는데. 다음 팀을 준비시켜요?"

한 10분 정도.

묵묵히 작업을 하고 있던 김성희가 다시 신정우에게 물었다.

이미 신정우는 다수의 팀을 보유하고 있었다.

블랙 네트워크의 효과를 톡톡히 보고 있었던 것이다.

각 능력자 혹은 조직들은 서로를 알지는 못했다.

하지만 신정우와 김성희는 컨트롤 타워로서 위에서 그들을 조종하고, 지시하고, 효율적으로 이용하고 있었다.

모두가 만족했다.

신정우는 자신의 명의로 된 수많은 사업들과 창출되는 이익만으로도 그들에게 넉넉한 지원을 해줄 수 있었다.

돈은 그들에게 확실한 동기부여가 됐고, 최선을 다하도록 만들었다.

"그럴 필요는 없을 것 같군. 우선 이 정도면 됐어. 놈에 대한 정보 파악도 거의 끝나가고 있고. 이제 놈의 복면만 벗기면 돼. 그러면… 놈을 완벽하게 끝낼 수 있지."

"헌터는? 헌터는 어떻게 할 거예요?"

"당연히 끝을 봐야지. 수많은 정보망이 있지만 그 두 놈을 제외하고는 어느 누구도 우리의 앞길을 방해하지 않았어. 그게 무슨 뜻이겠어?"

"나머지는 아무것도 모르는 바보이거나, 혹은 나처럼 당신을 따르는 사람이라거나……?"

김성희가 밀랍 인형을 빚던 조각칼을 살며시 내려놓고는 땀으로 흠뻑 젖은 신정우의 머릿결을 쓰다듬었다.

실오라기 하나 걸치지 않은 나신으로 서 있는 신정우의 몸은 마치 조각상을 가져다 놓은 것처럼 다부지고 날카로운 선을 자랑하고 있었다.

"우린 아쉬울 게 없어. 두려워 할 것도 없고. 초조한 건 그놈들이야. 애가 타는 거지. 이리저리 움직이고, 뛰어다니고, 날뛰어보지만… 점점 한계에 부딪히는."

"아음……!"

신정우의 왼쪽 손가락이 어느새 벗겨져버린 치마 속, 은밀한 부분을 더듬었다.

동시에 그의 입술은 김성희의 입술을, 그리고 오른손은 탐욕스럽게 그녀의 가슴을 움켜쥐었다.

"이미 결론은 정해져 있어… 다만 돌아가느냐 그렇지 않느냐의 차이지……!"

"아앗!"

신정우가 거칠게 김성희를 벽으로 밀어붙였다.

그리고 마치 짐승처럼 야성적으로 그녀의 몸을 취하기 시작했다.

전희도 충분치 않은 관계의 시작.

하지만 신정우의 리드에 후끈 달아오른 김성희는 어느새 빠르게 그를 받아들이고 있었다.

후우— 후우—

넓은 작업실 안에서 두 남녀의 신음 소리가 뒤섞여 터져 나왔다.

한 쪽에서는 기계가 돌아가며 괴성을 내고.

한 쪽에는 만들어지다 만 밀랍 인형들이 줄을 지어 서 있는 기괴한 광경.

하지만 두 남녀에게는 익숙한 공간의 연속인 것처럼.

서로를 탐닉하는 데 여념이 없는 것이었다.

*　　*　　*

"난 아무것도 알지 못해요. 다른 것들은 전부 오빠나 동생들이 알았지만, 난 한 번도 본 적이 없는 사람이에요. 정말이라구요!"

이연화가 소리쳤다.

박 신부가 안내한 곳은 시내에서 멀리 떨어진 어느 교외의 폐가였다.

주변의 인가라고는 1km를 족히 가야 나오는 곳이었고, 살고 있는 사람도 없었다.

누군가가 직접 볼 일이 있어 찾아오지 않는 한, 외부인이 올 곳은 아니었다.

이곳은 과거 뱀파이어들의 아지트로 쓰였다고 했다.

하지만 박 신부의 의해 머물던 뱀파이어들이 모조리 초토화되기를 수차례.

그 이후로는 오히려 금기시 되는 장소로 불리며, 절대 몸을 누일 곳이 없더라도 찾아와서는 안 될 뱀파이어들의 금지구역으로 불리고 있었다.

쫘아아악.

"꺄아아악! 아파! 아파아아아!"

현성이 무표정한 얼굴로 이연화의 무릎을 지그시 내려 밟았다.

그러자 이연화가 바닥을 연신 내리치며 고통에 찬 신음을 토해냈다.

하지만 현성의 표정에는 아무런 변화도 없었다.

"블랙에 대해 아는 모든 것을 말해. 그렇게 한다면⋯ 적어도 고통 없이는 눈을 감을 수 있게 해주지. 그렇지 않으면 지금처럼 그때마다 고통을 느끼게 될 거야. 네가 아무렇지 않게 죽였고, 그렇게 죽어간 사람들처럼."

"아아아아아악!"

이연화가 괴성을 내지르며 현성을 노려보았다.

처음에는 흠칫하게 만들던 그녀의 눈빛이었지만.

이제는 완벽히 면역이 되었다.

주변에 달리 신경을 빼앗는 것 없이, 그녀와 일대일로 마주 보고 있으니 아무런 방해도 느끼지 못했다.

"하아. 하아. 하아."

벌써 반나절이었다.

모르쇠로 일관하는 이연화의 표정에도 점점 변화가 일고 있었다.

이미 온몸이 만신창이었다.

얼굴은 여기저기가 터져나가 피투성이었고, 입고 온 옷도 절반이 피로 물들어 있었다.

일이 꼬일 대로 꼬여버린 것은 현성의 집요한 추궁 과정에서 그동안 죽였던 사람들에 대한 쾌감 그리고 일말의 죄책감도 없는 모습을 그녀가 드러냈기 때문이었다.

혹시나 했지만 역시나라는 생각을 들게 만들었고.

이연화는 자신이 판 무덤자리를 더욱 깊게 파고 들어가는 중이었다.

상대는 자신을 살려줄 생각이 없어 보였다.

그리고 도망쳐 나갈 구석도 마땅치 않아 보였다.

문 밖에는 사제복을 차려 입은 한 남자가 있다.

나갈 수 있는 유일한 통로는 현성이 지키고 있었다.

"하아."

이연화가 한숨을 내쉬었다.

그리고 체념한 듯.

두어 번 마른기침을 토해내고는 천천히 말을 이어가기 시작했다.

"우리 남매가 그 사람을 만난 건…… 당신도 알겠지만 그 모집글을 보고 나서였어. 실제로 우린 그런 능력이 있었으니까. 처음에는 어떤 일을 하는 건가 싶었지만, 예상은 하고 있었어. 우리 남매도 홈페이지에 올라왔던 영상들에 열광했고, 정말 멋진 행동이라 생각했었으니까."

"계속 말해."

현성은 이연화에게서 눈을 떼지 않았다.

"그래서 찾아갔어. 지방의 어느 산 속에서 만났어. 맨 처음 나온 사람은 여자였어. 밀랍 인형이나 죽은 사람의 시체를 마음대로 가지고 노는 여자. 그 사람은 자신의 이름이 김성희라고 했어. 그리고 블랙의 대리인이자 연인이기도 하다고, 그렇게 말해줬어."

"그리고?"

"김성희 앞에서 우리의 능력을 보여줬어. 실험대상으로 그녀가 데려온 타깃에게 시연도 해봤지. 물론 그 사람은 죽었지만… 어느 누구도 뭐라 하지 않았어. 어차피 가족도 없는 시한부 삶을 살고 있던 노숙자였으니까. 뭐, 죽어도 상관없잖아. 그런 사람 없어진다고 기억해 주는 사람도 없고."

"……."

현성은 두 주먹을 불끈 움켜쥐었다.

하지만 내색하지는 않았다.

이연화는 자신이 저지른 일들에 대해 이야기하면서도 사람을 죽인 것에 대해서는 일말의 죄책감을 전혀 갖지 않고 있는 모습이었다.

어차피 죽어도 상관없는 사람들이 죽은 것이다.

그저 벌레 몇 마리 죽은 것과 뭐가 다른 것이냐?

라는 것이 이연화의 논리였다.

"그런 게 어떻게 정당화될 수 있지?"

"성희 언니가. 그리고 블랙 씨가 그렇게 말해줬으니까. 우리도 동의했어. 사회에 필요한 사람이라면? 당연히 죽어선 안 돼. 목숨 걸고 지켜야지. 하지만 병든 사람, 가족들이 버린 사람, 사회를 좀 먹는 사람, 비리를 저지른 사람. 왜 이런 사람들이 살아야 해? 당연히 죽어야 해. 그리고 그걸 막는 사람들은? 당연히 죽어 마땅한 거야. 왜 나쁜 놈들을 지켜주는데? 그건 더 나쁜 놈이야!"

이연화가 소리쳤다.

블랙에게 이렇게 세뇌가 된 것일까?

아니면 많은 사람들의 생각이 보통 이런 것일까.

현성은 잠시 혼란스러움을 느꼈다.

하지만 이내 냉정을 되찾고 이연화를 노려보았다.

"그분은 좋은 사람이야. 좋은 이상을 가지고 있는 분이고… 난 이제 더 이상 아무런 말도 하지 않겠어. 날 살려준다면 어디에 살고 있는지 정도는 알려줄지도 모르지. 하지만 지금부터 나를 협박하거나 위협하려 들⋯⋯."

스으으으윽! 턱!

빠각!

이연화의 말은 채 끝을 맺지 못했다.

일순간에 이연화의 등 뒤로 다가선 현성이 그대로 그녀의 목을 비틀어버렸기 때문이다.

"어떻게 이런 쓰레기 같은 생각을⋯⋯ 하, 결국 디 데이로 넘어가야 하는 건가."

현성이 한숨을 내쉬며 자리를 털고 일어섰다.

숨이 끊어진 이연화의 몸은 힘없이 옆으로 고꾸라졌다.

현성은 눈조차 제대로 감지 못한 이연화의 시신에 시선조차 두지 않았다.

김성일이 그러했고, 이연화도 그랬다.

블랙은 정말 용의주도한 인물이었다.

휘하에 이런 능력자들을 보유하고 있으면서도, 정작 자신의 존재는 철저하게 숨겼다.

하지만 유용한 정보를 얻은 것이 있다면 바로 '김성희'에 대한 이야기였다.

그녀가 바로 뱀파이어들의 '그분' 일 것이다.

하지만 그녀 역시 결국 블랙의 하수인인 것이다.

모든 결론은 하나로 합쳐진다.

블랙, 그가 누군지만 알아내면 되는 것이다.

하나 아쉽게도 이연화에게서는 명쾌한 답을 얻을 수는 없었다.

*　　　*　　　*

다시 일상으로 돌아온 현성은 언제 그랬냐는 듯이 본업에 집중했다.

그리고 자신의 친구이자 능력 있는 점장이기도 한 상화를 영업이사로 승진시켰다.

현성 자신이 부재중일 때.

좀 더 수월하게 매장 운영 전반을 감독할 수 있게 하기 위함이었다.

최근 들어서 상화가 현성의 업무를 어느 정도 나눠서 보고 있는 것이 사실이었고, 그에 비해서 본점 매니저라는 직함은 힘을 실어주기에는 부족했다.

반발하거나 불만을 갖는 사람은 없었다.

다른 점주들도 좋아했다.

점주들이 현성과 일적으로 스킨십을 갖는 것이 포인트라면, 상화는 인간적인 면으로 접근해서 서로 술 한잔 기울이고 속 시원히 이야기를 털어놓는… 소위 '술상무'인 것이 포인트이기 때문이기도 했다.

하지만 그 누구보다도 반긴 것은 역시 상화였다.

현성에게 매우 고마워했다.

자신의 여동생을 좀 더 뒷바라지하기에 좋아졌다는 사실에 행복해 했고, 그런 자리를 만들어준 현성에게 거듭 고마워했다.

"왜 이렇게 표정이 어둡냐."

퇴근 후, 상화와 가진 술자리.

술을 즐겨 마시는 현성이 아니었지만, 착잡한 마음에 계속 소주만 들이켜고 있었다.

"오늘이거든."

"뭐가?"

"아버지가 돌아가신 날."

"아… 아버님 기일이었구나. 내가 괜히 떠들어댄 게 아닌가 싶네."

"아냐, 축하할 일이고, 또 내가 너에게 많은 부탁을 해야 할 날이기도 하잖냐. 앞으로도 잘 부탁해. 항상 곁에 있어줘서 고맙다, 친구야."

"너가 날 이만큼 믿어주는 것만으로도 난 고마울 따름이다. 걱정 마. 내가 내 밥값, 아니 네 밥값까지는 확실하게 할 테니까!"

"오늘은 조금 일찍 일어나도 될까?"

"그걸 말이라고 하냐. 어서 들어가 봐. 현성아, 알지. 힘들 때는 네 여자 친구만 찾지 말고, 나도 찾아라. 언제든 도와줄 테니까."

"그래, 알았다."

"가라!"

상화를 축하하기 위해 만든 술자리였지만, 현성은 괜시리 떠오르는 생각에 마음이 편치 않았다.

아직도 그 날의 기억이 생생하다.

아버지의 사망 소식을 접했던 그 날.

꿈인 줄 알았다.

아니, 장난인 줄 알았다.

출근하시던 아침까지만 해도 모든 것이 평범했던 날이었다.

하지만 저녁이 되고, 밤이 찾아오고.

모든 것이 바뀌었다.

아버지를 더 이상 세상에서 볼 수 없게 되었던 것이다.

"이젠 더 깊게 파고들 수 있게 됐어. 확신이 필요해. 심증은 충분해, 확증만 얻으면 되는 거잖아."

현성이 스스로에게 중얼거렸다.

바쁜 일상에 치여, 그리고 마법적인 한계로 인해 중단했던 조사였다.

하지만 마인드 컨트롤까지 배운 마당에 더 캐지 못할 것도 없었다.

당시 아버지의 사건을 수사했던 형사들의 목록이나 연락처는 아직도 가지고 있었다.

잠시 미루어 두었을 뿐, 아버지의 일에 대한 조사를 잊었던 것은 아니었기 때문이다.

다음 날 저녁.

현성은 경찰서를 찾았다.

현성의 얼굴을 보자, 담당 경찰 중 한 명이었던 형사 신영수는 인상부터 찌푸렸다.

예상했던 반응이었다.

현성은 준비해 온 음료수 한 잔을 건네며, 자연스럽게 그를 인적이 드문 경찰서 옆의 공터로 유도했다.

가끔 경찰관들이 밖으로 나와 커피 한잔을 마시며 담배를 태우기도 하는 곳인만큼, 이상하게 생각하는 사람은 없었다.

"더 조사된 것은 없습니까? 그래도 이제는 진전이 좀 있을 때도 됐는데요."

"없다니까. 담당 인력도 많이 줄었고, 일단 증거들이 충분치가 않아요. 마음은 잘 알겠는데, 기다려 주는 게 답이야. 지금은 그래."

꽤나 불편해하는 기색이 역력했다.

현성은 신영수가 느끼지 못하게 천천히 마나를 그의 주변으로 흘려내고 있었다.

"정말 없습니까?"

"정말 없어. 내가 아니라 다른 형사들한테 물어도 같은 답을 줄걸? 우리가 거짓말 하겠어? 아니란 말이야. 답답한 자네 맘도 잘 알겠지만, 이제는 진득하게 기다려 주게. 우리도 아버님의 죽음에 대해 안타깝게 생각하고, 반드시 범인을 찾고 싶은 마음이야. 하지만 어쩌겠나? 단서가 나오질 않는걸……."

새빨간 거짓말을 늘어놓고 있는 신영수의 모습에 현성은 분노가 치밀었다.

그 뒤에 숨겨진 이면을 모르는 것은 아니지만.

일말의 망설임이나 죄책감 없이 충분한 결과물을 가지고 있는 조사에 대해 입을 닫고 있는 그의 모습은 현성의 화를 치밀어 오르게 하기에 충분했다.

"수사된 것들은 전부 기록에 남깁니까?"

"물론이지. 그래서 내가 누락한 것이 있더라도, 다른 팀에서 수사한 내역이 남아 있으면 알려줄 수가 있어. 하지만 없다니까. 그래서 그게 문제지."

"그렇다면……."

"음?"

팟―

"이제부터는 진실을 말해주셔야겠습니다."

"……."

현성이 손가락을 튕겼다.

그 순간, 신영수의 표정이 바뀌었다.

방금 전까지 커피를 홀짝거리며 능청스럽게 거짓말을 늘어놓던 그의 모습은 사라졌다.

그리고 멍하니 정면을 응시한 채, 천천히 걸어가고 있을 뿐이었다.

"무엇이 궁금한가?"

목소리와 행동은 신영수 본인의 것이었지만, 마치 고분고분한 사슴이 된 것처럼 그의 표정이나 눈빛은 풀려 있었다.

"신정우, 그 사람이 범인이지 않습니까?"

"맞아. 그렇지. 이미 그렇게 결론을 내렸던 애기들이지."

"답을 얻은지는요?"

"오래 되었지."

"…그런데 왜 진실을 말하지 않고 있는 것입니까?"

마나의 소모량이 증가하고 있었지만, 대화를 유도하기에는 아직 충분했다.

아직 여유는 많았다.

"그건······."

내재된 무의식 때문일까?

신영수가 말하기를 머뭇거렸다.

현성은 자르만에게 배웠던 대로, 그 무의식까지 잠식하기 위해 순간적으로 더 많은 양의 마나를 불어넣었다.

방어 기제를 무너뜨리기 위해서였다.

"그건 말이야··· 압력이 있었네. 우리의 목숨과 일이 걸린 그런 문제였지. 위에서부터 압력이 들어왔어. 그만 수사하라고. 그렇게 하지 않으면 윗선부터 해서 전부 옷을 벗게 될 거라고 했지."

"그래서 수사가 중단은 됐지만, 신정우가 범인이라는 사실은 계속 알고 계셨구요?"

"그렇지··· 이미 여러 가지 요건들이 들어맞고 있어. 하지만 평생을 경찰로 살아온 우리가 일터를 잃으면 남는 게 뭐겠나··· 답이 없었지. 그리고 평범한 어느 집안의 사건이고 했으니까 유야무야해도 다들 별일 없을 거라 했고, 실제로 그랬고."

신영수는 술술 이야기들을 털어 놓았다.

현성이 예상했던 대로 이야기가 흘러가고 있었다.

"뇌물도 있었겠죠?"

"맞아. 입막음 비용으로 꽤 많은 돈을 쥐어줬어. 윗선은 얼마나 받았는지는 모르겠지만, 당시 우리 수사팀 전원에게 5천만 원에 가까운 돈이 들어왔어. 기록도 남지 않는 그런 돈. 솔직히 그런 큰돈을 한 번에 만지는 건 쉽지 않잖아."

"양심의 가책은요?"

"가책을 왜 안 느꼈겠나. 하지만……."

"하지만?"

"유혹을 뿌리치기 힘든 돈이었지."

"……."

순간 현성은 신영수에게 주먹을 내뻗으려던 것을 가까스로 참았다.

그에게 화풀이를 한다고 달라질 것은 없었다.

후우우욱—

현성은 마나의 양을 대폭 늘려, 다시금 신영수에게로 불어넣었다.

충분한 답은 얻었다.

그가 가지고 있는 기억이나 사실들이 조작됐을 리도 없다.

현성은 신영수에게 천천히 말을 이어나갔다.

"당신은 들어가는 대로 여기 적힌 언론사와 포털 사이트에 관련 자료들을 보내면 됩니다. 거부감을 가질 필요는 없어요. 책임을 묻지도 않을 겁니다. 그저 시키는 대로만 하면 됩니다. 그리고… 전송하는 즉시 나와 만나 이후로 나누었던 대화의 기억들은 잊어버릴 겁니다. 기억하려 해도 생각조차 안 나겠지만."

"으음."

마인드 컨트롤의 강점은 상대방을 완벽하게 제어하는 데 성공하면, 무의식에 남는 기억마저도 없애버릴 수 있다는 점이었다.

최면이 기억에 남는 새로운 경험을 제공하는 것이라면, 마인드 컨트롤은 완벽하게 상대를 조작하는 것이었다.

종이 위에 적은 연필 글씨를 지우개로 지우면 사라져버리는 것처럼, 기억도 통제가 가능했던 것이다.

다시 말해서 신영수는 현성이 손가락을 튕기던 그 시점.

'물론이지. 그래서 내가 누락한 것이 있더라도, 다른 팀에서 수사한 내역이 남아 있으면 알려줄 수가 있어. 하지만 없다니까. 그래서 그게 문제지.'

'그렇다면……'

'음?'

'이제부터는 진실을 말해주셔야겠습니다.'

음? 이라고 말한 부분까지만 기억에 남는 것이다.

마인드 컨트롤의 무서운 일면이기도 했다.

때문에 자르만과 일리시아가 사는 대륙에서는 수많은 마법사들이 전쟁에서 패해 포로로 잡혔을 경우, 상대 세력의 마법사들에 의해 강제적으로 기억을 삭제당하고 조작당하는 일이 즐비했다.

불과 어제까지만 해도 생사고락을 함께 했던 마법사 동료들이, 다음날에는 상대 세력의 철저한 하수인이 되어 돌아오는 경우가 많았던 것이다.

물론 클래스와 깨달음의 경지가 높은 마법사는 무의식까지 잠식하는 것이 힘들었다.

그런 경우에는 죽임을 당했다.

하지만 대부분 클래스가 낮은 마법사들은 마인드 컨트롤을 전담으로 하는 대마법사들에 의해 완벽하고도 충실한 종이 되었던 것이다.

어쨌든 신영수는 이제 돌아가는 대로 현성이 지시한 일을 처리할 것이다.

현성은 자신이 가용할 수 있는 마나의 9할 이상을 신영수에게 불어넣은 상태였다.

단계적으로 대화 내내 불어넣은 덕분에 본인 스스로가 느끼는 이질감이나 거부반응도 없었다.

아마 앞으로 두어 시간 정도는 평범한 '신영수'의 모습을 한 채, 자신이 시킨 일들을 처리할 것이었다.

"들어가면."

"들어가면?"

"김창수 형사님도 불러주십시오."

"그렇게 하지."

"그럼."

신영수가 자리를 떴다.

커피를 홀짝거리며 담배를 입에 물고 움직이는 모습에 부자연스러움은 없었다.

현성은 잠시 남은 시간동안.

옆에 놓인 벤치에 앉아, 마나를 회복시키는 데 주력했다.

같은 작업이 반복됐다.

계속해서 현성이 형사들을 불러내는 꼴이 됐지만, 크게 신경 쓰는 사람들은 없었다.

그리고 신영수를 제외하고는 자신이 나와서 현성을 만났다는 사실조차 잊어버리게 만들었기 때문에 더더욱 그러했다.

현성은 관련된 전담 형사들을 모두 만났지만, 전담 형사들 중에서 현성을 만난 기억이 남아 있는 것은 신영수밖에 없었던 것이다.

현성은 형사들로부터 충분한 증언을 들었다.

의심할 여지없이 범인은 신정우였다.

관련된 경찰들이 뇌물을 받고, 외압에 못 이겨 입을 다물었을 뿐… 결론은 같았다.

"후……."

집으로 돌아오는 길.

현성은 깊고도 짙은 한숨을 내쉬고 있었다.

해당 수사 자료들 대부분이 넘어갔다면.

그리고 자극적인 뉴스 생산 거리를 좋아하는 언론사나 포털 사이트에서 이 소식들을 접했다면?

속보가 되고, 집중 조명을 받는 것은 어려운 일이 아닐 것이다.

아마 이 일이 알려지면, 신정우만큼이나 관련된 형사들도 사회의 뭇매를 받게 될 터였다.

현성은 신정우에 앞서 생각 하나를 매듭짓기로 했다.

그것은 바로 외압에 굴복하고, 진실을 숨긴 채, 자신에게 거짓말을 해 왔던 형사들에 대한 결론이었다.

사회의 정의를 구현해야 할, 민중의 앞잡이라는 경찰은… 그다지 중요하지 않아 보이는 평범한 시민의 삶을 송두리째 무너뜨려 버렸다.

이미 답을 가지고 있는 수사에 대한 결과물을 숨기고, 의도적으로 거짓말을 해왔다.

그건 현성과 돌아가신 부모님에 대한 우롱이었다.

하지만 이제 와서… 물리적인 힘으로 그들을 심판하고 싶지는 않았다.

어차피 이 사건이 알려지면, 가장 먼저 책임을 지게 될 것이다.

동료들의 원망을 한 몸에 받는 것은 당연히 신영수가 될 터.

누설하지 말아야 할 정보를 자신의 손으로 직접 알린 것이 될 테니, 지탄을 피할 수는 없을 것이다.

하지만 그것은 죗값이고, 업보였다.

현성이 이성을 잃고, 순간적으로 잔혹한 판단을 내리지 않은 것만 해도… 물론 그들은 모르겠지만 감사해야 할 터였다.

* * *

"신부님."

"예."

"예전에 부탁드렸던 그 정보들을 받을 수 있을까요?"

"정보라 하시면… 신정우라는 사람에 대한 정보 말입니까? 화연전자."

"예, 맞습니다."

"바로 보내지요."

집으로 돌아온 현성은 박 신부에게 전화를 걸어 오래전에 부탁해 두었던 신정우에 대한 정보를 수합하기로 했다.

현성이 개인적인 경로로 수집한 정보도 꽤 있었다.

가장 대표적인 것은 그에 대한 경호였다.

신정우가 매스컴에 찍힌 사진들을 보면, 개인적인 시간을 보낼 때를 제외하고는 항상 열 명에 가까운 경호원들이 곁에 있었다.

차로 이동할 때도 경호 차량이 동행했다.

신정우가 사는 곳은 강남의 A 타워펠리스.

홍채인식, 지문인식 기술이 접목되어 있어 본인 확인 없이는 출입도 불가능했다.

정문 출입, 엘리베이터 탑승, 그리고 집으로 들어가기까지 모두 본인 확인이 필요했다. 혹은 본인의 동의로 이루어진 관계자만이 들어갈 수 있었다.

CCTV는 사각 지대가 없도록 모두 설치되어 있었다.

가시광선과 적외선 모두 탐지가 되는 CCTV는 어떤 눈속임도 불허했다.

그리고 각 집의 현관 출입구에는 특수 센서가 감지되어 있어, 집주인이 ROCK을 걸어놓은 시간대에 누군가가 무단 침입을 할 경우, 자동으로 폐쇄 장치가 가동되도록 설정되어 있었다.

그렇게 되면 누군가가 몰래 현관문을 열고 들어오게 되는 경우, 집 안에서 꼼짝달싹 못하게 되는 것이다.

얼마 뒤.

박 신부가 보내온 자료들은 이에 대한 뒷받침을 더 해주고 있었다.

아울러 최근 외부 움직임이 뜸해진 신정우의 동향에 대한 이야기도 있었다.

회사로 출근하지 않은지는 꽤 되었다고 했다.

화연전자가 전례 없는 실적 호조와 분기 영업 이익 최대치를 갱신하며 승승장구하기 때문이었을까?

최근의 신정우는 본인의 집과 개인 별장을 주로 오고가며 휴식을 즐기고 있다고 했다.

물론 경비가 철통같기는 전과 다를 것이 없었다.

언론과의 인터뷰 내용에 따르면, '나도 언제 블랙이라는 사람의 표적이 될지 모르니, 지켜줄 사람이 필요하다' 라는 말을 했었다고 했다.

충분히 이해가 갈 만한 행동이었다.

게다가 이번 사건이 알려지게 되면, 블랙이 가장 먼저 노릴 대상이 신정우일 것이라 생각했다.

그분, 블랙, 김성희, 신정우.

이 네 가지 단어의 공통분모를 아직까지 알지 못하는 현성에게는 당연한 생각이기도 했다.

개인 저택보다는 별장이 좀 더 접근하기에 좋아보였다.

제아무리 감시 시설이나 경호 전력이 있다고 해도, 어쨌든 사람들과 떨어져 있는 곳이 현성으로서는 활동하기에 좋았다.

타워팰리스는 당장에 위아래 층이나 옆으로도 사람들이

사는 곳.

원치 않은 소요가 발생할 수도 있는 것이었다.

"반드시⋯⋯."

빠드드득.

현성이 이를 갈았다.

신정우는 용서받을 수 없는 놈이었다.

그럴 생각도 없었다.

아버지를 살해하고도 죗값을 치르기는커녕, 자신의 사회
적인 지위와 돈으로 무마시키려 했던 남자⋯⋯.

오래전부터 복수하고자 마음 먹어왔지만.

결정적인 단서를 얻을 수 없어 때를 보고만 있었던.

그 복수의 대상이 이제 확실해진 것이다.

현성은 아버지의 죽음 이후, 사건을 수사할 때부터 항상 마
음속으로 새겨두고 있었다.

훗날 이 뺑소니 범을 내 손으로 잡게 될 날이 오면.

반드시 같은 방법으로 죽여주겠다고.

누가 들으면 잔혹한 살인마의 다짐처럼 보일지 모르겠지
만, 허무하게 아버지를 잃고 그 범인조차 잡을 수 없었던 가
족의 다짐이라면 당연한 것이기도 했다.

"어디 보자⋯⋯."

현성이 박 신부가 보낸 자료들을 다시 훑어보기 시작했다.

자료 속에는 취침, 기상 시간으로 예상되는 시간하며⋯ 많

은 정보들이 포함되어 있었다.

정보원이 누군가 싶을 정도로 방대한 분량의 정보들이었다.

박 신부가 항상 비밀로 하는 정보의 출처는 과연 어디일까.

문득 궁금한 생각이 들기도 했지만, 현성은 이내 시선을 돌려 다시 정보들을 파악하는데 주력하기로 했다.

자신의 삶을 송두리째 꺾어버린.

그리고 어머니를 죽음에까지 이르게 만든 장본인.

그놈이 오늘 이후로 단 하루라도 마음 편히 숨을 쉬며 다니는 꼴을 볼 자신이 없었다.

세상의 그 어느 누구가 자신을 뜯어 말린다 하더라도, 신정우에 대한 복수는 반드시 할 생각이었다.

설령 이것이 섶을 지고 불로 뛰어드는 것이라 할지라도.

현성의 밤은 깊어갔다.

저녁을 지나 밤, 밤을 지나 새벽, 그리고 가로등 불빛마저 어두워져 버린 깜깜한 새벽까지 접어들었지만…….

현성의 옥탑방 불빛은 꺼질 줄을 몰랐다.

8장

신정우의 죽음

다음날 아침.

각종 인터넷 포털사이트와 신문에서는 속보 표시와 함께 정보를 쏟아냈다.

잠시 쪽잠을 자고 일어난 현성은 아침부터 메인 페이지를 장식한 속보 소식에 집중했다.

이것이 현성이 살고 있는 2014년의 현실이었다.

자극적인 정보나 소식들은 더 많이 확대 재생산되고, 수많은 사람의 입방아를 오르내린다.

이 때문에 죄 없는 사람이 마녀사냥을 당하기도 하는가 하면, 무고한 사람의 죄가 해명되기도 했다.

포털사이트의 검색어 1위는 신정우였다.

현성은 좀 더 사건이 심화되기 전에 신정우를 처리할 요량으로 그에 대한 기사를 몇 개 더 살피기로 했다.

그런데.

현성의 예상과는 전혀 다른.

아니 전혀 예상하지도 못한 소식이 각 기사의 헤드라인을 장식하고 있었다.

[화연전자 전무 신정우, 거주지 A 타워펠리스 화단 앞에서 투신한 채로 발견 돼⋯ 현장에서 즉사한 것으로 알려져⋯⋯.]

"아니, 이게⋯⋯."

초단위로 속보가 올라오고 있었다.

그중에는 어떤 정신 나간 기자가 여과 없이 신정우의 시신으로 보이는 몸과 피투성이가 된 현장을 그대로 찍어 올린 것도 있었다.

불과 몇 분 후에 기사는 삭제되어 사라졌지만, 이미 누군가에 의해 복사된 사진들은 저마다의 SNS를 통해 폭발적으로 퍼져 나가고 있었다.

현성은 기사의 시점을 좀 더 앞으로 돌렸다.

그전에 무슨 일이 있었던 것일까?

그러자 4시간 전 쯤에 올라온 최초의 기사가 눈에 들어왔다.

[화연전자 전무 신정우, 뺑소니 사건의 범인으로 알려져…
일선의 경찰들에게 뇌물을 제공하고 의도적으로 수사 중단을
유도… 현재 경찰 당국이 진상 조사에 나서는 중.]

기사가 있었다.

그러니까 현성이 가장 처음 계획했던 일은 성공한 것이다.

한데 그 이후로 1시간이 채 지나지 않아 신정우의 자살 소
식이 터져 나온 것이었다.

매스컴에서는 긴급히 신정우와 그의 일에 연관된 사실들
을 보도하고 있었다.

정작 이 사건의 핵심은 사건의 피해자인 현성과 지금은 세
상을 떠나고 없는 가족들이었지만, 모든 포커스는 신정우 그
리고 경찰의 비리에 맞춰졌다.

이제 와서 아버지의 일에 대한 관심을 받고 싶지도 않았다.

당시에도 현성은 경찰들 외에도 몇몇 방송사나 언론사에
해당 사건에 대한 취재 요청을 부탁하기도 했었다.

물론 답은 없었다.

그 어느 누구도 돕지 않았던 것이다.

현성은 혹여나 이 일을 통해 자신에게 당시 사건에 대해 묻
는다 할지라도, 들려줄 말이 없었다.

해줄 수 있는 말은 경찰들에게 느낀 뼈저린 배신감과 무능

력함이 전부였으니까.

문제는… 당사자인 신정우가 죽어버렸다는 것이었다.

마치 준비라도 하고 있었던 것처럼.

사건이 발생하자 목숨을 끊고 말았다.

언론에 보도 된 유서는 이를 뒷받침하고 있었다.

오랜 기간 죄책감 속에 묻어두기만 했던 일에 대해 책임을 지려고 합니다. 본의 아니게 피해를 드린… 피해자 본인과 그 가족들에게 사죄의 말씀을 전합니다. 제 목숨으로서 죗값을 치르겠습니다. 죄송합니다. 그리고 저는 모든 것을 안고 갑니다. 우리 가족들에게도 죄송합니다… 하지만 슬퍼하지 마시길. 오랜 시간을 고민해 온 죄책감의 마지막 표현입니다.

"이건……."

현성이 고개를 저었다.

몇 시간·전까지만 해도 복수의 의지를 불태웠던.

내 아버지의 원수가 이렇게 스스로 목숨을 끊어버렸다.

도대체 왜?

뻔뻔하게 지금까지 몇 년을 잘 살아왔던 놈이.

갑자기 죄책감에 죗값을 치르겠다며 자살을 하다니.

순간 목적을 잃어버린 느낌이었다.

죽이고 싶었던 놈이 스스로 목숨을 끊었다.

예전에 시사 고발 프로그램에서 보았던 이야기가 문득 생각났다.

필리핀 한인 납치 사건.

그 납치 사건의 용의자들을 체포하기 위해 부단히도 노력해왔던 경찰과 피해자의 가족들.

하지만 그중 하나는 모든 비밀을 땅에 묻어버린 채, 본인은 수감 도중에 목숨을 끊어버렸다.

가족들은 절규했다.

제발 내 가족의 시신을 묻어놓은 곳이라도 알려달라고.

시신이라도 가져갈 수 있게 해달라고.

하지만 죽은 자는 말이 없었다.

현성의 지금 느낌이 그런 느낌이었다.

누가 보아도 명백한 자살, 그리고 죽음이었기 때문일까.

타살에 대한 의심도 없었다.

그리고 빠르게 장례식장이 마련됐다.

화연전자의 중진들.

그러니까 신정우의 가족들은 장례식장에서 눈물을 쏟아냈다.

기자들은 그 모든 광경들을 카메라에 담았다.

너무나도 확실한 당사자의 죽음.

사실 가장 큰 죄를 저지른 것은 신정우 본인이었지만, 여론의 흐름은 그에 대한 비난과 동시에 동정이 뒤섞였다.

죽음으로 죗값을 치렀으니, 더 비난해서야 무슨 소용 있겠냐는 반응이었다.

불똥은 빠르게 다른 곳으로 튀었다.

해당 일에 관여했었던 경찰들과 그 위로 이어지는 라인이 핵심이었다.

물어뜯기 좋은 건수를 발견한 언론들은 집요하게 그들에 대해 캐기 시작했다.

신영수를 비롯한 일선 경찰들부터 간부들이 줄줄이 연계되기 시작하자, 경찰서는 쑥대밭이 됐다.

신영수는 본인도 기억하지 못하는 일로 인해 패닉 상태에 빠져 있었다.

다급하게 현성에게 연락이 걸려오기도 했다.

이 일에 연관되어 있는 사람 중 하나였기 때문이다.

하지만 현성은 그의 연락을 받지 않았다.

이제부터 짊어지고 가야 할 시련들은… 온전히 자신의 몫이었다.

그것이 신영수 본인의 죗값이었다.

*　　　*　　　*

열기는 식을 줄을 몰랐다.

이야기의 규모는 더 커져서, 이제는 아예 경찰 전체에 만연한 비리에 대한 지탄 여론이 조성되기 시작했다.

졸지에 경찰의 개혁, 비리 근절 등과 같은 이야기들이 이슈로 떠올랐고, 나비효과는 정치권으로도 번져갔다.

현성은 동향을 살폈다.

혹시나 하는 생각에서였다.

신정우가 거짓으로 죽음을 위장한 것이 아닐까… 하는 의문도 들었다.

하지만 정황상, 모든 것이 신정우의 죽음으로 결론나고 있었다.

화연전자 전무, 신정우의 자리는 공석이 되었고.

장례식은 가족과 일가친척, 그룹 중진들이 참여한 가운데 엄수되었다.

이 모든 것을 위장이라 보기엔 너무 스케일이 컸다.

그리고 그럴 이유도 없었다.

돈이면 그 어떤 죄도 묻어줄 수 있는 세상이다.

굳이 신정우의 죽음을 위장할 이유가 없었다.

초호화 변호인단을 꾸려 죄를 깎고 또 깎거나, 여차하면 해외로 도피시키면 그만이었다.

굳이 목숨을 내어놓을 이유가 없는 것이다.

어떻게 생각해도 신정우의 죽음은 의심할 여지가 없었다.

"아버지, 놈이 스스로 목숨을 끊었다고 합니다. 정말로 죽었어요. 죽었어야 할 놈이 죽은 건데… 제 손을 끝맺음을 하지 못해 허탈하기만 합니다. 아버지, 보고 계신가요? 그놈은 아버지 옆으로는 못 갈 겁니다. 놈은 지옥을 갔을 테니까요……."

현성은 아버지와 어머니의 유골함이 있는 납골당을 찾았다.

살아생전의 환한 모습으로 찍어 두었던 부모님의 사진이 사이좋게 각 유골함의 앞에 붙어 있었다.

쪼르르르.

현성이 준비해 온 소주잔에 소주 한 잔을 따라서는 단숨에 들이켰다.

평소에는 냉정하고 차가운 가슴을 지닌 현성이지만, 부모님에 대한 일만큼은 그렇지 못했다.

생각만 해도 가슴 울컥해지는 일.

한없이 외로워지는 그런 일이었다.

스스로를 다잡을 시간이 필요할 것 같았다.

언젠가 하게 되었을 복수.

하지만 이렇게 끝나버린 복수는 가슴을 먹먹하게 만들었다.

쪼르르르.

현성이 다시금 술잔을 기울였다.

뚝—

잠시, 혼자만의 시간이 필요했다.

현성은 스마트폰의 전원마저 끄고는, 말없이 부모님의 사진을 바라보며 술잔을 기울이고 또 기울였다.

*   *   *

"…멋진 광경이군. 멋진 장면이야."

"정말 완벽한 것 같은데요?"

"너무 완벽해서 달리 할 말이 없을 정도야."

대형 스크린에는 뉴스 화면이 계속 흘러나오고 있었다.

잠옷 차림의 두 남녀는 쇼파에 누워, 여유로이 뉴스를 지켜보고 있었다.

뉴스의 내용은 가장 큰 화두인 신정우의 죽음이었다.

하지만 되려 남자는 박수를 치며 고개를 끄덕이는 것이었다.

"어때요? 본인의 장례식을 먼저 보는 이 느낌이."

"나쁘진 않은데."

"세상은 이제 완벽하게 당신을 잊어버릴 거예요. 하지만 당신의 발걸음은 더 넓어지겠죠. 그렇지 않아요?"

"허물을 벗어버린 느낌이랄까. 만약을 대비해 두었던 게 좋았군. 예전의 그 일이 이제 와서 터져 나올 줄이야……."

대화를 나누는 두 사람은 다름 아닌 신정우와 김성희였다.

"차라리 잘 됐지 않아요? 한꺼번에 묻어버렸는데."

"후후, 어쨌든 상관없어. 당신을 통해 들어둔 보험이 적절한 시기에 들어맞았군. 안 그랬으면 꽤나 머리 썩힐 일들이 많아졌을 텐데 말이야."

"건배 어때요? 신정우의 새로운 탄생을 기념하는 건배 말이에요."

"나쁘지 않지."

짠一

두 사람이 각자의 와인잔을 부딪쳤다.

죽은 것은 신정우 본인이 아닌 밀랍 인형이었다.

김성희가 그럴듯하게 만든 외형은 누가 봐도 신정우의 죽음을 확신하도록 만들었다.

부검을 하거나 자세하게 몸을 살피지 않는 이상은 알 수 없는 것이다.

하지만 핵심은 그것이 아니었다.

자신의 죽음을 기정사실화하기 위해서는 주변의 반응이 따라줘야만 했다.

"아버지, 어머니, 형님, 그리고 동생들… 모두 충실하지. 아주 충실해."

"앞으로도 많은 도움 주시겠죠?"

"어떻습니까! 많은 도움을 주셔야지요. 그렇지 않습니까?"

"……."

신정우가 쇼파 옆으로 고개를 빼꼼 내밀어 뒤를 바라보았다.

뒤에 마련 된 널찍한 개인용 쇼파 위에는 신정우의 가족들이 사이좋게 앉아 있었다.

하지만 마치 인형처럼 자리에 앉아서는, 눈 하나 깜빡이지 않고 정면을 응시하고 있었다.

이것이 바로 지금의 신정우를 있게 만든 원동력이었다.

모든 가족들이 신정우의 꼭두각시였다.

살아 숨 쉬지만, 모든 것을 신정우의 뜻대로 움직이는 가족들.

처음부터 신정우가 이렇게 타락한 것은 아니었다.

가족들 역시 저마다 자신들이 하는 일이 있었다.

하지만 신정우가 능력을 얻은 이후.

그리고 가족들을 통제할 수 있게 된 이후.

많은 것이 뒤바뀌었다.

화연 그룹은 거대했고, 그 그룹에서 창출되는 막대한 부는 이제 신정우의 주머니로 들어가고 있었다.

대부분의 실무는 회사의 경영진들이 담당하니 걱정할 것도 없었다.

여차하면 꼭두각시가 된, 하지만 여전히 살아 숨 쉬는 가족들을 이용하면 충분했다.

사람들에게 달라진 것은 공식적인 신정우의 죽음뿐이었다.

그의 가족들이 신정우의 장기말처럼 움직이고 있으리라고는… 그 어느 누구도 예상조차 할 수 없는 것이다.

신정우가 회사일에 대해서 흥미를 잃은 지는 오래됐다.

그런 시시콜콜한 오로지 돈을 벌기 위해 혈안이 되는 일은 관심 없었다.

제아무리 대기업이 된다고 해도 사회를 뒤집을 수 있는 힘을 얻기는 힘들다.

누군가에게 두려움을 줄 수도 없고.

말 한마디로 반향을 일으킬 수도 없다.

하지만 지금의 자신은?

달랐다.

살인 예고 하나만으로도 매스컴이 들썩이고, 당사자가 된 존재들이 겁에 질려 부르르 떤다.

모든 움직임이 추종자들의 지지를 받고 응원을 받는다.

마치 신을 떠받들듯, 누군가를 죽여 달라며 애원하고 소리친다.

"얼마나 재밌는 시간들이냔 말이야! 즐거워, 너무 즐겁다고! 이제 무거운 짐도 벗어던졌으니, 일분일초가 즐겁지 않을 수가 있나? 하하하하하!"

신정우가 광소를 터뜨렸다.

그 어느때보다도 즐거워보이는 얼굴이었다.

지금도 스크린에서는 자신의 영정사진과 눈물을 흘리며

장례 행렬을 따르는 가족들의 모습이 흘러나왔지만, 오히려 신정우는 낄낄대며 손짓까지 하는 것이었다.

"자, 이제 다들 돌아가서. 다시 눈물 열심히 흘리셔야지요. 아들이 죽었습니다. 그렇죠? 열심히 눈물들 흘리십시오. 장례식이 끝날 때까지. 빨리빨리 서둘러서들 합시다, 예?"

신정우가 손짓을 하자, 저마다 장례식에 맞는 검은 복색으로 줄줄이 앉아 있던 가족들이 질서정연하게 움직이기 시작했다.

그리고 문을 열고 나서자마자 마치 신호가 입력된 기계가 움직이듯, 눈물을 글썽이며 흐느끼기 시작했다.

가족들이 모두 나가고, 다시 두 사람만이 남은 자리.

김성희는 와인 한잔을 쭉 들이키고는 신정우에게 물었다.

"그것보다도 이제 와서 지나간 일을 들추어 낸 그 사람들은 어떻게 할 거죠? 정말 괘씸한 인간들 아니에요?"

괘씸한 인간들은 바로 경찰들을 지칭하는 것이었다.

이번 사건의 도화선이 된, 쓸데없는 불씨를 만든 사람.

바로 신영수와 그 동료가 되는 경찰들이었다.

"아, 잠시 잊고 있었군. 뒤늦게 양심선언을 한 놈들. 그놈들 말이지."

"죽여야죠. 용서해 줄 이유가 없잖아요?"

김성희가 고개를 끄덕였다.

그러자 신정우가 방 한 켠에 놓여 있던 대검(大劍) 하나를 움켜쥐었다.

"요즘 일선에 나서지 않았더니, 몸이 근질근질하기는 해. 내가 나서지 않아도, 알아서들 잘 움직이니."

"하지만 손맛을 잊기는 아쉽죠?"

"그렇지. 이 검날에 베여져 나가는 살갗의 느낌… 정말 쾌감이 있거든. 여자들의 오르가즘에 비유하면 맞으려나? 아주 좋아. 마치 몸 전체의 모든 쾌락 세포들이 터지는 그런 느낌이야, 후후후."

"당신이 여자의 몸을 얼마나 안 다구요? 오르가즘 운운 하지 말아요, 남자들은 한 번 싸지를 때나 느끼지. 그 다음은 그런 것도 없으면서."

"하하하, 그런가? 어쨌든 말이야. 생각이 났으니 움직여도 나쁘지 않겠군."

"같이 가요. 쓸 만한 물건들이 있을지도 모르는데."

"내 연인을 두고 갈 리가 있나. 준비 해. 이제 화연전자 전무 신정우의 이름을 털어내고, 멋진 '블랙'이 될 시간이야."

"아무렴요. 호호호호호호!"

*   *   *

"하, 시발… 난 기억이 안 난다고. 안 나는 걸 어떻게 해.

하……."

드르르르륵! 드르르르륵!

"아아, 시발!"

팍! 와드드득!

분노에 찬 손길은 단숨에 휴대폰을 반 토막 내버렸다.

방금 전까지 신나게 울리던 진동도 박살 난 휴대폰과 함께 멈춰버렸다.

"영수, 임마. 진정해. 왜 자꾸 화를 내고 그래?"

신영수의 핸드폰으로는 분초 단위로 전화가 걸려오고 있었다.

언론사의 기자들의 인터뷰 요청과 질문이 쇄도해 들었다.

어디서 그렇게 연락처들을 알아냈는지, 심지어 집으로도 전화가 가고 있다고 했다.

집도 경찰서도, 그리고 신영수 본인의 멘탈도 초토화가 됐다.

답답한 것은 자신이 저지른 죄를 부정할 수도 없다는 것이었다.

한데 더 답답한 것은 당연히 숨겼어야 할 자신의 과오들을 보란 듯이 자기 손으로 각 언론사와 포털사이트에 알렸다는 것이었다.

비밀로 취급되던 수사 자료들을 개방해서 모두 줘버리고만 것이다.

만약을 위해 삭제하지는 않았던 기밀 정보.

하지만 관할 경찰서의 모두가 쉬쉬하는 일이었고.

한 사람이 엮이는 순간 모두가 끝장나는 일이기에 혹시라도 '정의감'에 가득 차, 양심선언이랍시고 누설할 이유도 전혀 없는 일이었다.

"이것만 솔직하게 얘기를 좀 들어보자고. 왜 그랬어?"

옆에 있던 다른 동료가 물었다.

그 역시 지난 일, 그러니까 '신정우 뺑소니 사건'에 연루된 경찰 중 하나였다.

사건이 갑작스럽게 터져 나오자, 윗선에서는 가장 먼저 지목 된 몇몇 경찰들을 바로 직위해제 시켜버렸다.

꼬리 자르기에 들어간 것이다.

그 바람에 하루아침에 백수 신세가 된 동료들은 신영수를 원망하고 있었다.

"내가 다시 말씀을 드리잖습니까… 제가 안 했다구요. 기억이 없어요."

"기억이 없는데 왜 일이 벌어졌냔 말이야. 혹시 그 청년한테 정보를 넘겨준 건 아니고?"

"정현성 말입니까? 제가 미쳤다고 그 이야기를 합니까. 지난 몇 년간 해왔던 말 그대로 들려준 겁니다. 머리에 총 맞지 않는 이상 수사 기밀을 왜 누설합니까? 그럴 생각이었으면 애초에 끝을 냈죠. 미리 터뜨렸을 거라구요."

"하… 이런 빌어먹을."

"시발! 아아아아악!"

신영수가 소리쳤다.

왜 기억조차 나지 않는 걸까.

하지만 혹시나 하는 마음에 사건이 터지자마자 확인한 CCTV에는 자신이 직접 자료들을 어디론가 보내는 것이 고스란히 담겨 있었다.

그런데 기억도 나지 않는 것이다.

신영수의 기억은 현성을 만나고 들어온 직후에서 잠시 멈췄다가, 자료들을 보내고 난 뒤 화장실을 간 그 뒤에서 이어지고 있었다.

"그냥 좋된 건데, 제기랄……."

동료들의 탄식에 신영수가 고개를 떨궜다.

그때.

"어?"

옆에 있던 형사 김창수의 핸드폰에 전화가 걸려왔다.

신경질 적으로 시선을 돌리던 김창수는 익숙치 않은 이름에 조심스럽게 주변 동료들에게로 시선을 돌렸다.

"왜?"

"화연전자 사람이잖아. 이 사람."

찍힌 번호, 그리고 위에 등록된 이름에는 신정우의 동생 신연우의 이름이 적혀 있었다.

"받아봐."

꽉 막힌 앞길, 그리고 천길 낭떠러지.

마치 그 앞에서 생명줄을 발견한 느낌이었다.

한숨을 연신 내쉬던 신영수도 김창수에게 걸려온 신연우의 전화에 기대를 거는 눈치였다.

"여보세요?"

김창수가 조심스럽게 전화를 받았다.

─김창수 씨.

"예, 전화 받았습니다."

─우리가 충분히 이 일은 매듭지을 수 있다는 것 아시죠? 퍼져나간 정보는 그렇다 치고, 앞으로의 일만 잘 메꾸면 되는 것 아니겠습니까?

"그, 그렇죠… 그렇습니다."

김창수와 동료 형사들이 고개를 끄덕였다.

사실 원망해야 할 첫 번째 대상은 그들이었다.

뇌물을 받아먹기는 했어도… 쨌든 그런 원인을 제공했었기 때문이다.

하지만 이제 와서 누굴 원망하고 탓할 문제가 아니었다.

당장에 먹고 살 길이 막막해지고, 사회적으로 지탄을 받는 마당이었다.

폭풍이 지나가고 나야 고요함이 찾아들 듯.

지금은 이 폭풍을 현명하게 뚫고 나갈 방법이 필요했다.

―어디시죠? 저희가 찾아가도록 하죠. 아니라면. 모셔가지
요. 어떻게 하시겠습니까?

"오시면 좋겠습니다만……."

―위치만 말씀해주시면.

"예, 이곳 위치는……."

김창수와 신영수, 그리고 동료 형사들이 찾아온 곳은 그들
이 비밀 아지트 삼아 술잔을 기울이거나, 일과가 끝나고 고스
톱을 치던 곳이었다.

예전에는 동네 구멍가게가 있던 건물이었지만, 지금은 주
인이 장사를 접고 나가 빈 건물이 된 작은 판잣 건물이었다.

―그럼. 곧 연락드리죠.

"예, 연락 기다리겠습니다."

신연우와의 통화가 큰 힘이 되었는지, 그들의 표정에도 화
색이 돌았다.

이제 돌파구를 찾은 느낌이었다.

"후, 이제 좀 풀리려나. 그런데 어떻게 풀어준다는 걸까?"

"돈이면 다 되는 것 아니겠어. 여기서 우리가 술술 다 불어
버리면, 신정우 그 사람 죽은 문제로 끝나는 게 아니라고. 기
업 이미지라는 게 있잖아. 안 그래?"

"하긴 이 새끼들 그때 가서 손 씻으려면 힘들지. 지금 우리
한테 힘을 실어주는 게 낫긴 하다니까."

신영수의 말에 김창수와 형사들이 고개를 끄덕였다.

한편으로는 이런 작은 골방에 둘러 앉아 전전긍긍(戰戰兢兢)하고 있는 자신들의 모습이 서글프게 느껴지기도 했다.

하지만 일단은 뭐라도 해결이 되어야 다시 경찰 생활을 이어가든가… 혹은 밥벌이라도 찾을 것이 아니겠는가?

"기다려보자고."

"그러자고."

다들 고개를 끄덕였다.

해결을 해줄 사람이 오고 있었다.

*   *   *

어느덧 저녁이었다.

땅거미가 짙게 깔리고 난 밖은 어두웠다.

흐릿흐릿하게 낮게 깔린 먹구름 때문에 저녁 6시밖에 되지 않았는데도 밖은 한밤처럼 어두웠다.

드르르륵.

그때, 다시 김창수의 핸드폰 진동이 울렸다.

신연우였다.

"예, 김창수입니다."

─곧 도착합니다. 나와주시겠습니까? 다른 곳으로 모시도록 하죠.

"알겠습니다. 자, 다들 어서 나가자고."

신연우의 연락에 형사들은 들뜬 기분으로 자리를 털고 일어서기 시작했다.

일단 이대로 잘 따라가기만 한다면, 적어도 밥줄은 유지할 수 있지 않을까 싶었던 것이다.

드르르륵— 끼이이익—

오래된 나무문이 열리고.

걱정 반 두려움 반으로 꾀죄죄한 몰골을 하고 있던 경찰들이 자신들의 신발을 찾아 신고는 나서기 시작했다.

바로 그때.

드르르륵!

가게 밖에서 먼저 문이 열렸다.

그 순간, 형사들은 자신의 두 눈을 의심했다.

문이 열리고 정면에 나타난 것은 신연우가 아닌 신정우였다.

뉴스에서 연일 자살 사건을 보도하던 그 사건의 주인공.

관 속에 누워 있어야 할 존재가 코앞에 보란 듯이 서 있었던 것이다.

그리고 그의 오른손에는 예기를 가득 머금은 대검이 들려져 있었다.

"다, 당신!"

"이럴 줄 알았으면 귀찮게 찾을 일도 없게 만들었을 것을… 깔끔하게 끝을 내주지. 왜 죽었는지도 모르게 말이야."

"쏴! 쏘라고!"

김창수가 소리쳤다.

죽은 줄 알았던 사람이 살아 있기 때문이 아니었다.

지금 아무런 움직임도 보이지 않으면, 바로 죽음을 목전에 둘 것 같은 예감 때문이었다.

그만큼 신정우의 살기는 강력했다.

스스스스슥!

쇄액!

"……!"

하지만 움직임은 빨랐다.

김창수가 눈을 채 한 번을 깜박이기도 전에 예리한 신정우의 대검이 김창수의 목을 베고 지나갔다.

터억.

"히익!"

주인을 잃은 김창수의 머리가 바닥을 뒹굴었다.

푸수슈슈슈슉!

피분수가 베여져 나간 목 위로 튀었다.

신정우는 재미있다는 듯이 미소를 머금은 채, 부드럽게 다음 동작을 이어나갔다.

푸욱! 푹!

검이 일선(一線)을 그을 때마다 경찰 한 명의 목숨이 사라졌다.

"젠자아아아앙!"

다른 동료 경찰이 가까스로 떨리는 손을 붙잡아 허리춤에서 권총을 꺼낸 찰나.

"타앗!"

신정우가 일갈하며 그대로 그의 머리를 수직으로 내려찍었다.

쩌어어억!

그러자 수박이 반 토막 나듯, 사람의 머리가 반으로 쪼개지며 뇌수와 피가 하늘로 솟구쳤다.

이제 남은 것은 신영수뿐.

그는 눈앞에서 반으로 갈라져버린 동료의 최후를 보고는 자신도 모르게 오줌을 지려버렸다.

반으로 잘린 고기처럼 완벽하게 반토막 난 동료의 시체는 왼쪽 부위는 왼쪽으로, 오른쪽 부위는 오른쪽으로 힘없이 고꾸라졌다.

"제, 제, 제발 살려주십시오. 이, 이, 이게 무슨 일인지는 모르겠지만······."

"음, 살고 싶지?"

"예, 예, 예. 살고 싶습니다. 어떤 말도 누설하지 않겠습니다. 그저 목숨만은··· 제 자식들이 있고 처가 있습니다. 죗값은 제가 대신 치를 테니 제발······."

신영수가 무릎을 꿇고 애원했다.

싸울 의지는 이미 사라지고 없었다.

생존에 대한 욕구.

그것만이 남아 있었다.

"그럼 그렇게 해주지."

신정우가 고개를 끄덕였다.

그리고는 뒤돌아서서는 유유히 자리를 떠나는 것이었다.

"가, 감사합니다! 감사합니다!"

이미 함께 있던 동료 넷이 목숨을 잃은 후였지만.

신영수는 그것보다 자신만이라도 목숨을 건졌다는 사실에
만족했다.

방금 전까지 어떻게든 함께 난국을 타개해 나가보려던 의
지는 두려움에 씻겨져 나가 있었다.

"물론 방법은 좀 다르게 말이야."

푸욱.

"……!"

그 순간, 신정우가 시선조차 돌리지 않고 무심히 뒤로 찌른
검날의 끝이 신영수의 왼쪽 가슴을 꿰뚫었다.

그리고… 또다시 열린 문으로 한 여자가 들어왔다.

김성희였다.

"오늘의 인형은 이 사람인가요?"

"필요한 부분만 손 봤어. 이 정도면 쓸 만하겠지."

"생긴 건 별로네요. 남자로서 매력은 전혀 안 느껴지는 냄

새나는 그런 아저씨일 뿐이군요."

"알 바 아니잖아?"

"그렇죠. 어차피 손 안대고 코 풀 용도로 쓰는 거니깐?"

"후후."

신영수의 숨은 이미 끊어져 있었다.

검날의 끝에 심장을 꿰인 그는 자신이 죽었다는 사실조차 느끼지 못한 채로 숨이 끊어졌는지, 여전히 신정우를 응시하던 눈 그대로였다.

"그럼……."

조심스럽게 검날을 빼낸 김성희는 신영수를 바닥에 눕혔다.

그리고는 아직 뜨거운 피가 흘러내리는 왼쪽 가슴의 상처 속으로 양손을 밀어 넣었다.

그녀의 손이 바쁘게 움직였다.

그때마다 핏줄기들이 위로 솟구쳤다.

순식간에 그녀의 옷이 피로 물들고 손가락부터 팔뚝까지 온통 시뻘겋게 변했지만, 그녀는 되려 미소까지 머금어가며 자신의 일에 전념했다.

그렇게 자신만의 작업을 이어가길 10여 분.

김성희가 준비해 온 수건에 핏물을 쓱쓱 닦아냈다.

툭툭.

"일어나 봐요. 아저씨."

스윽—

김성희가 신영수의 어깨를 두드리며 말했다.

그러자 숨이 끊어진 신영수가 다시 눈을 깜박이며 몸을 일으켜 세웠다.

무표정한 얼굴, 초점을 잃은 눈빛.

하지만 얼핏 보기엔 살아 움직이는 사람과 영락없는 모습이었다.

"자… 이 검은 당신 거야. 자, 쥐어보라고."

꾸욱.

김성희가 신정우가 들고 있던 대검을 신영수의 손에 들려주었다.

신영수는 그녀가 시키는 대로 했다.

어떤 반항도 없었다.

"자, 다시 차례대로 찌르고."

푸욱— 푸욱— 푸욱— 푸욱—

이미 숨이 끊어진 시체들 위로 다시 한 번 검이 내리 꽂혔다.

"이제 밖으로 나와서……."

신영수는 김성희를 따라 천천히 밖으로 나왔다.

이미 손맛을 본 신정우는 몰고 온 자신의 세단 운전석에 올라탄 채, 창문을 열고는 담뱃불을 태우고 있었다.

"두 손으로 대검을 움켜쥐고, 날 방향은 자신의 왼쪽 가슴으로 해서."

꾸우우욱— 스으윽.

신영수는 김성희가 원하는 대로 완벽하게 움직였다.

"무릎을 꿇고."

털썩.

"자기 가슴을 찌르면 되는 거야. 아저씨. 그러면 끝. 영원한 해방이야."

조금이라도 의식이 남아 있었다면 멈칫이라도 했겠지만.

이미 끊어진 신영수에게 그런 의식은 남아 있지 않았다.

그리고.

푸우우우우우욱!

신영수가 자신이 든 대검을 양손으로 잡아당겼다.

상처를 비집고 들어간 대검은 갈비뼈 몇 개를 부러뜨리고는 핏기가 가시지 않은 심장을 관통해 등 뒤로 빠져나왔다.

"끝! 야호—!"

"……."

김성희가 만족스럽게 고개를 끄덕이며 신정우의 세단으로 향했다.

신영수는 자신의 가슴을 꿰뚫은 대검을 본 채로 영원히 움직임을 멈추어 버렸다.

"자기, 다음 목적지는?"

"모든 연줄을 잘라버려야지. 우린 자유로운 영혼이야. 어디든 갈 수 있지. 날 봤다고 해도 이제 믿을 사람은 없을 거야. 이용가치가 떨어진 잔챙이들을 살려둘 필요는 없지. 인간 신정우의 죽음에 방점을 확실하게 찍어야지."

"야호, 그러면 출발!"

부우우우웅!

김성희의 외침과 함께 신정우의 세단이 매캐한 연기를 내뿜으며 속도를 냈다.

그리고 두 사람은 유유히 현장을 떠나 사라졌다.

*　　　*　　　*

이번 사건의 핵심 인물들 중 하나였던 전직 경찰 신영수 씨를 비롯한 네 명의 피의자들이 안양 근교의 폐건물에서 시신으로 발견되었습니다. 현장에서 확인된 소식에 따르면, 신영수 씨는 미리 준비해 둔 대검을 이용해 동료 경찰 넷을 살해하고, 입구로 나와 자결한 것으로 확인됐습니다. 정황상 신영수 씨의 살인이 확실해 보이는 만큼, 경찰은 이 사건이 벌어지기까지의 정황을 중심으로 수사에 들어갔습니다.

신정우 씨 자살 사건과 관련, 뇌물 수수 혐의점이 있었던 전 경찰서장 김유택 씨도 자택에서 피살된 채로 발견되어 충격을 주고 있습니다. 김유택 씨의 가족들은 현재 여행 중인 관계로 화를 면했으나, 이 소식을 듣고 급히 귀국 중인 상황입니다. 연이어 들어온 소식에 따르면 경정 최선식 씨도 저택에서 피살…….

블랙 네트워크는 이번 신정우 씨 자살 사건과 관련, 김유택 씨를 죽인 것이 자신들이라고 밝혔습니다. 최선식 씨 역시 마찬가지이며, 현재 해외로 도피한 두 전직 경찰관에 대해서도 반드시 죽이겠다는 결연한 의지를…….

현성이 눈을 뜬 것은 밤늦게였다.

부모님의 납골당에서 하룻밤을 뜬 눈으로 소주잔을 기울이며 보낸 후.

오랜만에 현성은 깊이 잠이 들었다.

딱 하루만 모든 것을 잊은 채, 오로지 잠만 자고 싶었던 것이다.

그렇게 보낸 하루였다.

이미 해가 뜨고, 지고 난 후에 현성이 눈을 떴을 때.

어제와 크게 다를 것 없는 오늘일 것이라고 현성은 생각했지만, 엄청난 일이 계속해서 뉴스 보도를 채우고 있었다.

그중에 현성을 놀라게 만든 것은 바로 신영수와 연관된 경찰들의 연이은 죽음이었다.

다섯이 전부 죽은 것이다.

보도는 신영수를 범인으로 지목하고 있었다.

현장에 남은 혈흔이나 검의 사용 지문, 그리고 자신이 들고 있던 검으로 자결까지 했으니… 누가 봐도 완벽한 신영수의 살인이고 자살이었다.

이에 장단을 맞추어 블랙은 그 윗선 중 하나였던 김유택을 살해했다.

순식간에 신정우 사건과 연관 된 여섯 명의 사람이 죽은 것이다.

"…뭔가 이상하게 흘러가고 있어."

현성은 심상찮은 조짐을 느꼈다.

아니 무언가 과정이 이상했다.

왜? 왜 신영수는 양심선언 혹은 조사 협조가 아닌 이런 참혹한 살인을 택한 것일까?

아무리 중죄라고 할지라도 이 일은 여전히 솜방망이 같은 대한민국의 법체계 안에서는 한 자릿수 단위의 징역으로도 끝날 가능성이 높은 일이었다.

이런 살인은 지나치게 비약적이었다.

게다가 블랙의 개입 시점도 생각보다 빨랐다.

한동안 잠잠했던 블랙이다.

헌데 이번 일에 발맞추어 마치 기다렸다는 듯이 김유택을 제거하고, 다음 타깃을 선정했다는 사실이 순수하게 받아들여지지 않았다.

"설마?"

혹시 흔적을 남겨버린 것일까?

현성은 전혀 생각지도 않았던 연결고리를 만들어냈다.

"아냐, 그럴 리가 없어."

머릿속을 스쳐 지나간 생각들.

현성이 고개를 저었다.

설마 이 말도 안 될 것만 같은 이야기들의 고리가 연결될 수 있는 것일까?

"아냐… 퍼즐이 맞아가는 부분이 있어."

현성이 심호흡을 하고, 천천히 냉정하게 살피기 시작했다.

일순간에 현성에게 들었던 생각은 바로 블랙이 신정우 본인이고, 블랙의 연인이라는 사람, 그러니까 김성희가 그분이라는 사실이었다.

그리고 신정우의 죽음이 완벽하게 조작된… 그 뒤에 숨겨진 비하인드 스토리는 예상의 범주에서 우선 빼버리고, 사실 하나만 놓고 봤을 때.

김양철의 시신에게도 숨결을 불어넣을 능력이 있었던 김성희라면, 충분히 신정우와 유사한 시신을 만드는 것도 어렵지 않았을 것이란 생각이 들었다.

생각의 퍼즐이 맞춰지며 어느 정도 연계성을 갖기 시작하자, 현성은 온몸에 전율이 이는 듯한 두려움까지 느껴졌다.

정확히 블랙이 어떤 능력을 가지고 있는지는 현성도 알지 못했다.

대외적으로 알려진 것은 현란한 검술 정도 뿐.

하지만 자르만과 일리시아의 말처럼… 현성이 능력을 얻던 그 시점에 비슷한 경로로 힘을 얻은 사람이 있다면.

그게 블랙이라면?

단순히 그가 검술 하나만으로 그런 위치에 오르지는 않았을 것이다.

분명 그 이상의 능력을 가지고 있는 것이다.

조형사 김성희가 곁에서 따를 정도라면.

적어도 그녀보다는 충분히 강한 존재일 것이 아닌가?

"하…….."

순간 한숨이 터져 나왔다.

억지로 끼워 맞추고 있는 것이 아니었다.

정황상의 증거들이 그랬던 것이다.

경찰들의 죽음도 이런 식이라면 얼마든지 조작할 수 있었다.

블랙, 그러니까 신정우가 당사자들을 제거하고… 김성희가 신영수를 마음대로 조종하여 최후를 맞이하게 했다면?

제3자가 볼 때는 완벽한 신영수의 살인이 되어버리는 것이다.

신정우와 연관된 사람들이 순식간에 일곱이나 죽었다.

그리고 블랙의 움직임은 평소와는 달리 너무나도 빨랐다.

비현실적인 부분.

그러니까 신정우의 죽음이나 신영수의 살인은 김성희가 개입했다고만 가정한다면 모두 답이 풀리게 된다.

현성은 결론을 내렸다.

블랙은 신정우이거나 최소한 신정우와 아주 가까운 혈족이나 친척이다.

신정우 본인은 자신이 흔적을 남겼을 것이라 생각하지 못했다.

완벽하게 일이 매듭지어졌고, 여론의 흐름도 그랬다.

하지만 현성은 지금까지 알지 못했던, 신정우와 블랙의 공통분모를 깨달아가고 있었다.

폭풍전야.

이제 서로가 서로의 복면 속에 숨겨진 얼굴을 서서히 알아가고 있었다.

9장

조력자

"이런 머저리 같은 인간 마법사들!"

콰우우우우우우!

우르르르릉! 콰아아아아앙!

"크… 이런 빌어먹을."

"꺄아아아악!"

블랙 드래곤 로키스가 괴성을 내질렀다.

그러자 그의 드래곤 레어부터 시작된 엄청난 떨림이 사방으로 퍼져 나갔다.

자르만과 일리시아는 두 귀를 틀어막고도, 그 틈을 비집고 들어오는 괴성의 향연에 인상을 찌푸려야 했다.

이곳은 블랙 드래곤 로키스의 거처였다.

몇몇 드래곤들은 인간에 대해 호의적이고 개방적이지만, 블랙 드래곤은 유독 배타적이었다.

사실 오는 길도 순탄치 않았다.

중간에 블루 드래곤 일족을 만나 침입자로 오인받기도 했다.

다행히 일리시아와 자르만은 드래곤들에게도 이름이 잘 알려진 마법사였고, 신분과 이동 목적을 밝히고 나서 안전하게 이동할 수 있었다.

하나 드래곤들의 거점 일대에 근거지를 마련한 오크족들의 본거지를 지나느라 한차례 전투를 치러야 했다.

인간들은 오크들을 혐오하고 자신들의 터전에서 몰아내려 하지만, 드래곤은 인간들보다 모자라고 하찮은 오크들을 경계하지 않았다.

되려 거점 근처에 살 만한 곳을 마련해 주고, 혹시라도 있을지 모르는 인간들의 공격에 대한 방패막이로 삼고자 했다.

드래곤들이 허용하는 선에서 삶의 터전을 늘려가다 보니, 로키스에게로 향하는 길을 잡으려면 반드시 오크들의 거점을 지나야만 했다.

그래서 한바탕 전투가 있었다.

물론 일리시아와 자르만의 승리였다.

제아무리 수가 많다고 한들, 대마법사인 부부를 이길 수는 없었다.

다만 전투 과정에서 자르만과 일리시아의 얼굴이 노출되었고, 오크 족장 자르두르카는 그들이 소속된 제르번 제국에게 선전포고를 하겠노라고 했다.

물론 규모가 크지 않은 오크족인만큼 두 사람은 그다지 개의치 않았다.

설령 선전포고를 하더라도 전쟁을 하려면 이 오크족들은 거대한 산맥 두 개를 넘어와야만 했다.

사실상 불가능한 일이었다.

어쨌든 크고 작은 일을 겪으며 자르만 부부는 블랙 드래곤의 영역에 진입했다.

예상했던 대로 로키스는 난폭했다.

자신의 영역권 안에 침입자가 있다는 경보가 알람 마법을 통해 전달되자, 앞뒤 볼 것도 없이 자신의 레어에서 자르만 부부가 있는 지역으로 마법 맹공을 퍼부었다.

보통 드래곤들은 자신의 영역 내를 어지럽히거나 파괴하는 행위를 좋아하지 않는다.

그만큼 각별하게 아끼고 애정을 갖기 때문이다.

하지만 로키스는 달랐다.

애시당초 자르만 부부가 로키스의 영역권 내에 들어왔을 때, 민둥산이 되다시피 한 몇 개의 야산들을 보면서 짐작했던 차였다.

하늘에서 불덩이들이 수도 없이 떨어져 내렸다.

자르만과 일리시아가 수많은 전투로 단련된 마법사가 아니었다면, 진작에 불덩이에 깔려 죽었을 정도로 엄청난 폭격이었다.

그 와중에도 꿋꿋이 자신에게 오는 두 마법사를 본 로키스는 그 이후로도 한참을 마법을 퍼부은 뒤에야, 공격을 중단하고 레어 앞까지 찾아온 자르만 부부를 만났다.

자르만은 로키스의 급한 성질을 잘 알기에 만나자마자 인사를 건네고는, 거두절미(去頭截尾)하고 본론을 전달했다.

자신과 일리시아가 결행했던 시공간의 실험들.

그리고 차원 너머의 세계에 닿은 인연과 그 곳에 생긴 자신의 제자.

하지만 그 과정에서 무너진 시공의 균열과 그로 인해 증가하기 시작한 이능력자들.

절대적인 열세에 처해 있는 제자의 현실 등을 전했다.

그리고 나온 로키스의 반응이 저것이었다.

"시간과 공간은 아주 고유하고도 순결해야 할 영역이다. 감히 인간 따위가 그런 것에 호기심을 가지고 손을 대? 애초에 이런 일이 생길 줄 몰랐다고 발뺌할 생각은 아니겠지!"

로키스가 소리쳤다.

그의 날카로운 송곳니가 두 사람에 대한 살의를 단편적으로 보여주고 있었다.

"어떤 욕이든 비난이든 감수할 각오가……."

"욕? 비난? 지금 난 이 자리에서 네 놈들을 죽여 버릴 수도 있다. 도망치면 된다고 생각하겠지? 인간들과의 관계? 난 필요 없어! 세상 끝까지 너희를 쫓아가 숨통을 끊어놓을 것이다."

"지금 이런 소모적인 논쟁이 필요한가요, 로키스 님?"

대노한 로키스의 반응에 자르만은 고개를 푹 숙였다.

사실 입이 열 개라도 할 말이 없는 상황이기는 했다.

하지만 일리시아는 유연한 반응으로 조심스럽게 로키스의 반응을 맞춰나갔다.

"그럼? 뭘 이야기 하고 싶은 거지, 인간?"

"저희가 왜 죽을 각오를 하고 이곳에 왔다고 생각하시나요? 저희는 아무 말도 하지 않고 조용히 있을 수도 있었습니다. 그렇지 않나요?"

"아쉬워서 온 거겠지. 뭔가가 막혔으니까. 책임지기 힘든 문제에 직면했으니까. 그렇지 않나? 만약 연구 자체를 함께 하고 싶었다면, 이미 시작했을 때 오지 않았겠나?"

"……."

"드래곤에게 인간 남녀는 아무 의미 없다. 여자라고 봐주고 그런 것도 없단 말이다."

로키스가 날카로운 손끝으로 일리시아를 가리켰다.

순간 온몸에 끼친 소름에 일리시아가 몸을 움츠렸다.

그래도 생각했던 최악의 경우보다는 나았다.

부부가 생각했던 최악의 시나리오는 이야기를 채 꺼내보기도 전에 다짜고짜 전투부터 치르는 상황이었다.

다행히 로키스는 화를 낸 다음, 부부의 이야기를 좀 더 듣고 싶어하는 눈치였다.

두 사람은 알지 못했지만, 로키스도 외롭게 오랜 시간을 진행해 온 연구에 새로운 바람을 원하던 차였다.

"죽을 각오로 왔습니다. 어쩔 수 없다면 죽을 수밖에 없겠죠. 하지만 지금 이대로 우리가 내릴 수 있는 답에는 한계가 있기 때문에 로키스 님의 지혜를 빌어 돌파구를 찾으러 온 것입니다. 저는 대화를 원합니다. 모든 연구 자료를 공유할 생각도 있습니다. 필요 없을 수도 있겠지만."

자르만이 진지하게 말을 이었다.

"들어나 볼까. 아니, 우선 자초지종을 듣기 전에… 내게 바라고 온 것이 있겠지. 그게 무엇인지를 먼저 듣지."

"제자가 있는 세상에 힘을 실어줄 방법이 필요합니다. 더 강한 힘을 갖게 하거나, 아니면 도움이 될 조력자를 보내거나."

평생을 전장에서 뼈가 굵어온 마법사인 그도 드래곤의 위용 앞에서는 자신도 모르게 몸이 움츠러드는 것은 어쩔 수 없었다.

자르만은 최대한 감정을 추스르며, 차분하게 답했다.

"이에 대한 결론부터 듣고 싶나? 먼저 각자의 결론과 요점을 얘기한 다음에 그 스토리를 듣도록 하는 게 좋겠는데."

"원하시는 대로 하십시오."

"간단하게 말하지. 이미 그 녀석은 너희들로부터 받을 수 있는 모든 힘을 받았을 터. 여기서 더 강한 힘은 인간의 한계를 뛰어넘겠다는 것이다. 그 자체로도 또다시 시공의 균형에 금이 가고 만다. 좋은 방법이 아니다. 너희들이 원하는 것은 그 녀석이 살고 있는 세상의 파멸은 아닐 테니까. 그렇지 않느냐?"

"그렇습니다."

로키스의 표정은 진지했다.

잠깐의 대화로 모든 것을 판단할 수는 없겠지만.

그는 항간에 알려진 소문과 달리 그렇게 괴팍하거나 악질적인 성격의 소유자는 아니었다.

말투는 퉁명스럽고 위압적이었지만, 자르만 부부와의 대화에 필요한 요점들은 모두 담겨 있는 말이었다.

쓸데없는 감정싸움이나 뒤끝도 없었다.

"개입의 횟수가 늘어날수록 균형은 더 빠르게 무너진다. 과거에 마족이 왜 이 세계로 밀려들었는지… 그래, 인간들은 정확하게는 알지 못하지. 시공간을 화두로 무분별하게 진행된 드래곤들의 실험이 발단이었다. 다른 변수들도 있었지만… 실험에 실험을 거듭하고, 또 반복하고. 그 과정에서 상황이 심각해졌지. 그래서 시공간에 대한 연구는 조심스럽게 진행을 해야 하는 것이다. 내가 인간들의 호기심을 탐탁찮게 생각하는 것은 이 때문이다. 만약 이대로 잘못된 흐름이 계속 됐다면? 그 뒤치다꺼리를 누가 했겠느냐? 너희들의 실험의 의도가 어찌 되었건 간에 결과에서 문제가 발생하지 않았느냐? 매우 무책임한 것이다. 지금 이 문제는 내가 어떻게 받아 들이느냐에 따라서 블랙 드래곤 일족 전체와 너희 인간들과의 충돌로 이어질 수도 있다."

"……."

자르만, 일리시아 모두 답을 하지 못했다.

"자, 지금까지 너희들이 했던 모든 연구. 그리고 그 결과물을 내놓아라. 그 다음에 내가 너희들을 도울지 생각해 보겠다. 십수 년을 계획해 왔고, 진행된 실험이라면 그에 맞는 결과물이 있겠지. 만약 허튼 호기심 따위에서 비롯된 대책 없는 인간 마법사의 저급한 실험이었다면……."

잠시 적막이 감돌았다.

그리고.

로키스가 끊겼던 말을 이었다.

"너희들은 여기서 살아 돌아가지 못할 것이다."

휘이이이—

순간 로키스의 레어에 차가운 바람 한줄기가 불었다.

"하아."

"후우."

자르만과 일리시아는 그저 대답 대신 긴 한숨만 내쉴 뿐이었다.

＊　　＊　　＊

로키스는 자르만과 일리시아가 챙겨온 엄청난 양의 양피지에 담긴 내용들을 샅샅이 훑어 나갔다.

양피지에 적힌 내용들 중에 호기심이 가는 부분이 있을 때는 더욱 주의 깊게 살펴보기도 했다.

"처음의 예상과는 달리, 놈이 마음을 착하게 먹은 모양이로군."

"예. 사실 큰 기대는 하지 않았습니다. 인간이란, 남들과는 다른 특별한 힘을 얻게 되면… 그 본질을 잊고 타락하기 마련이니까요."

"정의의 투사라… 이 녀석은 가장 처음 생각한 것이 능력을 이용해 돈을 버는 것이었군?"

"그렇습니다. 그리고 큰 성공을 거두었습니다."

"그런데 이상 징후가 나타났고."

"예."

"여기 기록된 마물 말이다. 이 마물은 추측일 것이라 적어 놨지만, 네 예상이 맞을 것이다. 다른 공간에서 넘어온 괴물이다. 우리는 이놈의 이름을 마그루스투스라고 지었지. 차원의 방랑자라는 뜻이다. 아마 자신도 왜 이 곳에 나타났는지 모르고, 그저 본능이 이끄는 대로 사람들을 먹어치웠을 것이다. 지능이 없는 것은 아니니 쉽게 잡히진 않았을 것이고."

"그렇습니다."

역시 블랙 드래곤 로키스의 지식은 풍부했다.

양피지의 내용 중, 설명을 추가할 만한 부분에서는 자르만과 일리시아에게 새로운 정보를 알려주었다.

두 사람은 로키스의 말을 유심히 새겨들었다.

"여러 가지 정황으로 볼 때. 네가 라인(Line)을 연결한 그 시점에 이미 다른 쪽에서도 녀석의 세상에 라인을 연결했을 가능성이 높다."

"우리 대륙이 아닌 다른 곳에서 말입니까?"

"저 넓은 우주에 녀석의 세상과 우리 세상만 있겠느냐? 우리 같은 호기심을 가지고, 실험을 하는 녀석들도 수백, 수천, 아니 수십 만은 될 것이다. 하지만 균형을 무너뜨리지 못해 실패하고 있었을 뿐이겠지. 너희들의 풍부한 지식은 이를 성공시켰고, 이로 인해 다른 세계에서의 진입 장벽이 낮아지게 된 것이다."

"뱀파이어는 어떻게 보십니까?"

"두 가지다. 이건 그 놈의 세상에 원래 존재를 했었던 소수의 부류가 있었지만, 이후 균형이 무너지면서 다른 차원에서 뱀파이어의 씨앗들이 넘어간 거지. 전염성이 강한, 악질적인 뱀파이어의 피가 넘어온 것이다."

"현재 이것이 가장 심각한 문제입니다. 빠른 속도로 잠식이 되고 있는 모양입니다. 그 규모는 파악 자체가 불가능합니다."

"결국 네 기록에 따르면, 뱀파이어를 통제하기 시작한 우두머리가 나타났다는 것이고. 그 우두머리 역할을 하는 놈 역시 능력자로 추정이 된다는 말이 아니냐."

"예, 정확합니다."

"네 제자라는 놈은 이것을 확 뒤집어엎을 능력은 안 되는 것이냐?"

"그러면 세상이 불바다가 되어버릴 겁니다. 그 아이가 사는 세상은 우리가 사는 세상과 많이 다릅니다. 기본적인 능력 외에도 정보가 매우 중요합니다. 그리고 비현실적인 것에 대한 것을 잘 믿지 않습니다. 제자는 그것을 경계하고 있고, 최대한 자신의 능력을 평범한 사람들이 알지 못하게 하려고 합니다."

"캬— 아주 영웅놀이의 정점을 찍고 있군. 훗."

로키스가 비소를 흘렸다.

하지만 이내 표정을 가다듬고, 말을 이었다.

"앞으로 네 연구의 모든 것을 나와 공유할 자신이 있다면 도움을 줄 용의는 있다. 단 하나도 남김없이 전부다. 모두 공유해야 한다. 그러면 첫 번째 해답을 주지."

"그럴 생각이 아니었으면 찾아오지도 않았을 겁니다."

"함께 연구할 수 있다면 영광이죠. 여기서 살아 돌아갈 수 있어야겠지만요."

자르만과 일리시아가 고개를 끄덕였다.

드넓은 우주의 공간으로 따지면 빛의 속도로 몇 년, 아니 몇 백 몇천 년을 가야 만날 수 있을지 알 수 없는 제자의 세상.

단순한 호기심으로 시작했던 실험은 이제 무거운 책임으로 두 사람에게 다가 오고 있었다.

"혼란이 지속될수록 시공간의 중심도 불균형해진다. 지금은 누군가로부터 힘을 전수받은 자들이 살아 움직이고 있지만… 때때로 0.1%의 확률에 목숨을 던져 실험하는 미치광이 같은 놈들이 나온다면."

"……."

"그때는 너희 같은 마법사나 나 같은 드래곤이 저 세상에서 판을 치는 꼴을 보게 될 것이다."

"그게 가능합니까?"

"0.1%의 확률이다. 천분의 일의 확률로 온전히 본신을 유지한 채 다른 세계로 넘어갈 수 있지. 물론 너희 같은 마법사도 그렇고, 나 역시 저 확률에 도박을 걸 생각은 없다. 그럴 이유가 없으니까. 하지만 목숨에 미련 없는 놈들은 실험의 피날레를 저렇게 장식할 수도 있다는 것이다. 그런 놈이 1,000명이 된다면? 누군가 한 놈은 넘어가는 것이다."

"그렇겠군요……."

"따라오너라."

"예?"

"첫 번째 해결책을 볼 시간이다."

획!

"앗!"

펄럭! 펄럭!

"꽉 잡아라."

로키스가 자르만과 일리시아를 붙잡아서는 자신의 등 위에 올라타게 했다.

생전 처음 올라보는 드래곤의 몸이었다.

드래곤은 자신의 몸에 다른 누군가의 손길이 닿는 것을 극도로 싫어한다고 했다.

하지만 로키스는 무심한 척, 두 사람을 앉히고는 빠르게 레어를 빠져나와 어디론가 날아가기 시작했다.

＊　　　＊　　　＊

"현성 씨. 요즘 괴담이 하나 돌고 있는 것 알아요?"

퇴근 시간이 될 무렵.

정유미에게서 전화가 왔다.

늘상 그렇듯 술 한잔하자는 전화였다.

공식적인 핑계는 이번에 현성의 오인오색 매장의 컨셉을 베껴 비슷한 형태로 오픈을 준비한다는 다른 프랜차이즈에 대한 얘기를 해주겠다는 것이었다.

달리 거절할 이유도 없고, 그녀의 이야기를 들어보고 싶었던 현성은 약속을 잡았다.

예상했던 대로 영양가는 별로 없는 말이었다.

듣자 하니 어느 가족들이 각자 분야로 파트를 나눠 푸드코트 식으로 음식점을 연다는 얘기였다.

이건 프랜차이즈도 아니고, 그저 대형마트 식품 코너에만 가도 볼 수 있는 컨셉의 장사였다.

그래서인지 정유미는 대충 말을 매듭지어 넘기고는 자신이 최근 관심을 갖기 시작한 이야기들에 대해 말을 늘어놓고 있었다.

그녀는 마치 연인을 대하는 여자처럼, 시시콜콜한 이야기들을 현성과 주고받는 것을 즐겼다.

현성도 이야기를 듣는 것을 싫어하지는 않았다.

그리고 우연인지 필연인지는 몰라도, 때때로 정유미가 전해주는 이야기들 중에는 현성의 관심을 끌 만한 것들이 많았다.

"어떤 괴담 말인가요?"

"음… 먼저 물어보죠. 현성 씨는 뱀파이어라든가 드라큘라라든가. 영화 속에서만 보던 상상속의 존재들이 있다고 믿어요?"

"존재할 수 있겠죠. 없다고 확신할 수도 없는 것처럼."

현성이 적당히 에둘러 말했다.

너무나도 확실한 사실이었지만… 아직 정유미와 같은 일반 사람은 알지 못하는 일이었다.

"요즘 이런 소문이 돌고 있어요. 뱀파이어가 실재한다. 그래서 많은 사람들이 사람의 모습으로 위장한 뱀파이어들에게 물려 변해가고 있고, 보이지 않게 점점 증식하고 있다구요."

"유미 씨는 그 말을 믿나요?"

"처음에는 영화와 현실을 구분하지 못하는 거라고 생각했어요. 영화 괴물 말이에요. 그 영화를 많은 사람들이 봤지만, 정말 한강에 괴물이 존재하지는 않잖아요. 뱀파이어가 세상에 어디에 있겠어요. 상식적으로 생각한다면 헛소리가 맞죠."

"하지만 뭔가 걸리는 게 있는 모양이죠?"

"네, 신경이 쓰이는 부분이 있거든요. 근데 그것보다, 현성 씨는 허무맹랑한 얘기라고 까지는 생각하지 않나 봐요? 이렇게 진지하게 답을 받아줄 거라고는 생각 안했거든요. 다들 날 미친년 취급해서. 크으—"

정유미가 단숨에 소주잔을 들이켰다.

뜨거운 목넘김과 함께 답답했던 마음도 한 덩어리 내려가는 느낌이었다.

　"얘기했잖아요. 아니라고 확신할 수 없다면, 그건 있을 수도 있는 일이죠."

　"최근 사직서를 낸 두 기자 친구가 있어요. 저보다 특종 취재도 더 많이 했고, 커넥션도 많은 친구거든요. 시간이 문제지, 꾸준히 활동만 하면 승진도 탄탄대로인 친구들이었어요. 그런데 어느 날, 휴식이 필요하다고 하면서 사직서를 냈단 말이죠?"

　"그런데?"

　"그 뒤가 이상해요. 기자의 생명이 긴 건 아니긴 해요. 가끔 일에 치이고 지쳐서 일을 그만두기도 해요. 기자들에게는 자기 시간이 충분치가 않으니까, 저처럼 퇴근길에 술이나 한잔하는 게 끝이란 말이죠. 그럼 해방된 느낌에 여행이라도 다니던가, 활동적으로 움직이는 게 정상이에요. 그동안 부족했던 잠을 몰아서 자는 것도 하루이틀이면 질리는 일이구요. 그런데……."

　"계속 말해 봐요."

　현성이 주의 깊게 정유미의 말을 들었다.

　그러자 정유미가 두어 번 헛기침을 하고는 주변을 두리번거렸다.

　마치 누군가가 들으면 안 될 이야기를 하려는 것 같았다.

"집에 틀어박혀 나올 생각을 하지 않아요. 특히나 두 친구, 사진 찍는 거 정말 좋아하는 친구거든요. 출사도 자주 나갔어요. 근데 밤이 되어야만 잠깐 나와서 만날 뿐이고… 웬만해선 집에 있으려고 해요. 그리고 눈빛도 흐리멍텅하고, 평소에 잘 먹던 음식도 먹지 않고… 전에는 만나서 술 한잔 하는데, 뜬금없이 헌혈증을 좀 구할 수 있겠냐고 하더라구요. 친척 오빠가 수술을 해서 수혈이 긴급하게 필요하게 되었다고 하는데……"

"뭔가 이상한 점이 있었나요?"

"보통 이런 말을 들으면 도와주게 마련인데. 괜히 꺼림칙한 느낌에 그 친척 오빠에 대해서 조사를 해봤거든요. 나도 두 다리 건너 아는 사람이니까. 그런데 수술 같은 것, 하지도 않았더라구요. 멀쩡한 사람인데. 그래서 혹시나 해서 다시 확인해 봤죠. 그 오빠가 필요한 게 맞냐고."

"맞다고 했겠군요."

"네. 다른 거짓말도 아니고. 왜 헌혈증에 대한 이야기를 거짓말로 했을까 하는 거죠. 실제로 요즘 암시장 같은 데서 사람의 피랑 헌혈증이 거래된다는 얘기를 들었었어요. 처음에는 그럴 수도 있겠다 싶었지만… 요즘 돌고 있는 괴담이 그거거든요. 뱀파이어가 실재한다. 그것도 우리 곁에. 빠른 속도로 뱀파이어들이 생겨나고 있다구요."

정유미가 알고 있는 것은 루머가 아닌 사실이었다.

정확하게 알고 있는 것이다.

일반인인 그녀의 귀에 들어갈 정도라면, 그리고 그녀가 어느 정도 인지할 정도라면.

상황은 예전보다 빠르게 악화되고 있는 것이 분명했다.

예전의 뱀파이어들이 의식적으로 자신의 정체를 숨기고 비밀스럽게 활동할 수 있었던 것은 통제가 가능했기 때문이다.

뱀파이어의 규모는 크지 않았고, 저마다 만들어진 소규모 단위의 조직들은 차예련처럼 사람들에게서 떨어져 생활을 했었다.

하지만 그 수가 기하급수적으로 증식하고 있는 지금.

모두가 그렇게 통제된 삶을 살 수 있는 것은 아니었다.

자신의 변화에 적응하지 못한 변수가 튀어나오게 마련이고, 그 변수가 바로 정유미가 만났던 사람들이었다.

위험했다.

이대로면 정유미가 타깃이 되지 말라는 법도 없었다.

가까운 동료라면, 가장 먼저 흡혈의 욕구를 충족시켜 줄 먹잇감이 될 수도 있다.

"유미 씨."

"네?"

"우리 생각을 조금 넓게 가져가 보죠. 나는 이 이야기를 좀 진지하게 받아볼까 해요. 조심해서 나쁠 건 없으니까."

"네. 저도 진지하게 이야기하고 있었어요. 말이 안 되는 이야기인 게 맞는데. 그래도 기분이 꺼림칙하니까⋯⋯."

현성은 확신했다.

그 기자 동료라고 했던 친구들은 이미 뱀파이어가 된 것이 틀림없다.

지금은 본인이 어느 정도 참아내면서, 사람을 해치지 않는 선에서 피를 얻으려고 할 것이다.

하지만 이것은 돈이 들어가는 일이고, 접근도 쉽지 않은 일.

결국 가장 쉬운 해결책으로 시선을 돌리게 되어 있었다.

그렇다면 가장 위험한 것은 정유미다.

"원래 집 말고, 별도로 사무실 용도로 쓰는 오피스텔이 하나 더 있지 않아요?"

"그렇죠."

"당분간 거기서 생활을 해보죠. 그리고 혹시 동료들에게 연락이 오면 내게 말해주고요."

"⋯정말 그 친구들이 그렇게 되었다고 믿어야 될까요? 아냐, 지금 내가 무슨 소리를 하고 있는 거야. 이건 말이 안 되잖아요. 21세기에 뱀파이어라니? 영화를 많이 봤나 봐요. 말도 안 되는 사실을 믿으려고 하고 있었어요!"

"가끔은 필요 이상으로 조심하는 것이 무심하게 있는 것보다 나을 때도 있어요."

"하……."

정유미는 꽤나 혼란스러워 했다.

당연한 반응이었다.

믿을 수 없는 것을 믿어야 하니 더 그럴 것이다.

만약 현성이 허무맹랑한 소리를 하지 말라며 자신에게 면박을 주었다면, 역시 괜한 생각이었겠거니 하고 마음을 접었을 터.

하지만 현성의 진지한 반응은 오히려 생각을 더 복잡하게 만들었다.

"블랙 네트워크라는 이름으로 살인자가 살인 예고를 하고, 예고 대상이 죽어나가는 그런 세상이 됐어요. 여기서 이상한 일이 더 생긴다고 해서 말이 안 될 것도 없겠죠. 당분간은 거처를 바꿔보죠. 그냥 요즘 세상이 흉흉하니까, 겸사겸사 조심해보는 거예요. 내 말 들어요."

"그렇게… 해야겠죠?"

"그렇게 해봐요. 앞뒤를 생각하지 말고, 그냥 잠시 기분도 전환할 겸 거처를 바꾼다고 생각해요. 그럼 편할 테니까."

"알겠어요."

정유미의 결단은 빨랐다.

여전히 머릿속에서는 두 개의 생각이 충돌하고 있었다.

루머이긴 해도 뭔가 느낌이 께름칙하다.

하지만 실제로 이런 일이 있을 수 있는 걸까?

두 생각의 충돌은 정유미와 같은 일반인이면 비슷한 상황을 겪었을 때, 당연스럽게 떠올릴 생각이기도 했다.

"수시로 연락하죠."

"아… 알겠어요."

현성의 단도직입적인 말에 정유미가 고개를 끄덕였다.

그의 표정은 진지했다.

마치 자신의 말 전부를 믿고 있는 것 같은 느낌이었다.

정유미는 복잡하게 생각하지 않기로 했다.

현성의 말대로 유비무환이었다.

기분 전환이 필요한 시점이기도 했다.

그 날로 짐을 챙긴 정유미는 자신의 사무실로 향했다.

이곳은 자신과 가족들, 그리고 현성만 알고 있는 장소이기도 했다.

친한 친구들도 그녀의 집은 알고 있을 뿐, 사무실은 알지 못했다.

*   *   *

"도착이군."

"음……."

"내려라. 어물쩡 위에 올라타 있지 말고. 이 정도면 꽤나 인내한 것이다."

"알겠습니다."

"나쁘지 않네요, 승차감은."

"어허!"

"장난입니다, 장난!"

로키스의 말에 일리시아가 재치껏 말을 받았다.

그래도 잠깐의 깊이 있는 대화가 서로에 대한 마음을 열게 만들었는지, 로키스는 자신도 모르는 새에 일리시아의 장난 어린 말을 받아주고 있었다.

세 일행이 도착한 곳은 블랙 드래곤 로키스의 레어로부터 서쪽으로 10km 떨어진 지점이었다.

물론 이곳 역시 로키스의 영역이었다.

도착한 위치에는 로키스의 레어보다는 허름해 보이는 또 다른 레어가 있었다.

외형만 봤을 때는 마치 버려진 것 같은 낡은 레어였다.

동굴을 끼고 있는 형태였는데, 주변에 자란 덩굴들이 전체를 휘감은 탓에 자세히 들여다 보니 않으면 레어인지도 모를 정도였다.

"조용히 따라오거라. 어떤 말도 불허하겠다."

끄덕. 끄덕.

로키스의 경고에 두 사람은 조용히 뒤를 따랐다.

"폴리모프."

입구는 사람 한 명이 겨우 지나갈 정도로 좁았다.

때문에 로키스는 폴리모프 마법을 이용해 인간의 모습으로 자신을 변화시켰다.

그러자 흑발에 매끄러운 몸을 가진 20대 청년의 모습으로 로키스의 외형이 변했다.

푸른 눈동자만 제외하면 현성과 크게 다를 것 없는 준수한 외모와 몸을 가진 사람의 모습이었다.

안으로 향하는 길은 좁고 길었다.

햇빛조차 들지 않아 라이트 마법을 이용하지 않으면 한치 앞을 내딛을 수 없을 정도였다.

숫제 드래곤의 레어라고 하기보다, 동굴 안으로 향하는 비밀 통로라고 하는 게 나을 정도였다.

그렇게 로키스의 뒤를 따라가기를 5분 여.

지루한 좁은 통로의 끝이 보였다.

그러자 밖에서는 예상도 하지 못했던, 엄청나게 넓은 공간이 한눈에 들어왔다.

샤아아아아—

자르만과 일리시아의 시선을 확 빼앗은 것은 동굴 속 넓은 공간의 한가운데에 둥둥 떠있는 거대한 마나석이었다.

어림잡아 보이는 높이만 해도 20m는 족히 되어 보였다.

굵기도 1m는 되어 보였다.

이 정도면 마나석이라기보다 거대한 마나 석주(石柱)라고 해도 무방할 정도였다.

자르만 부부가 자신의 저택에 두고 있는 마나 구체는 이 석주 앞에서는 갓난아기에 불과할 것 같은 정도였다.

"정확히 989년 동안 전 세계를 누비며 모은 마나석들을 모은 집결체지. 단언컨대 이 정도 규모의 마나석을 가지고 있는 존재는 나밖에 없을 것이다. 첨언을 하나 해두자면 말이야."

"……."

두 사람이 숨을 죽였다.

"내가 이 마나석을 제어하지 못하거나 혹은 호기심에 폭발시켜 버린다면, 아마 대륙 전체가 날아가게 될 것이다. 규모에 비유를 한다면 메테오 1천개 정도가 동시에 떨어질 정도의 폭발력이라 보면 되겠군."

실로 어마어마한 위력이었다.

물론 새겨듣지는 않았다.

자르만과 일리시아는 절대 그럴 일은 없을 것이라 믿었다.

설령 그런 일이 생긴다면, 아마 자신이 죽었다는 사실을 인지도 하기 전에 한줌의 가루로 사라지고 없을 것이다.

"알다시피 나는 너희들보다도 더 오래전에 시공에 대한 연구를 해왔다. 지금부터 말해주는 것들은 너희들에게도 생소한 이야기일지도 모른다. 모든 이야기들을 인간의 하찮은 상식선에서 이해하려는 자세를 버려야 한다."

끄덕끄덕.

어떤 말도 하지 말라는 로키스의 지시가 있었기에, 자르만과 일리시아는 계속 고개만 끄덕였다.

로키스는 마나 석주를 살짝 흘겨보고는 다시 말을 이었다.

"시공간에 연관성을 갖게 되는 부류는 정확히 세 부류가 있다. 첫 번째는 바로 나와 너희들처럼 호기심을 가지고 연구를 하는 부류. 두 번째는 네 제자처럼 누군가의 호기심에 의해 평범했던 삶이 변화되는 부류. 그리고 세 번째는 바로 그 안에서 시공의 굴레에 갇혀버린 부류다. 세 번째 경우는 목숨을 걸고 시공을 넘어가는 존재와는 다르다. 애초에 자의로 혹은 생각지 못한 변수에 의해 갇혀버린 존재지."

자르만이 손을 들었다.

질문이 있다는 표시다.

마법 아카데미에서 자신의 제자들이 자신에게 하던 행동이었지만, 지금은 로키스가 스승이나 진배없는 만큼 자연스레 어렸을 적의 습관이 묻어나고 있었다.

"이제는 뭐 괜찮겠지. 편하게 말해봐라."

"갇혀버렸다는 것에 대한 정의를 정확하게 듣고 싶습니다만."

"핵심을 말해주지. 이미 육신은 죽어 없다. 다만 영혼(Soul)은 존재하지. 하지만 그것만으로는 마음대로 움직일 수 없어. 그래서 차원을 이동할 수 있는 추진력을 부여해줄 개체가 필요해. 그렇게 하면."

"이동이 가능해집니까?"

"애초에 육신이 없으니 영혼만 이동해서는 쓸모가 없지. 네가 그랬던 것처럼 연결고리가 닿을 몸이 필요하다. 그 과정에서 엄청난 양의 마나가 소모되지."

"그렇다면 이 마나석은 그런 역할을……."

"한 번 사용하고 나면 1년을 재충전에 써야 할 만큼 엄청난 마나가 소모되는 일이지. 너희 인간들은 죽었다 깨어나도 못할 일이지만, 나 로키스는 할 수 있다."

지이잉― 지이잉―

푸른빛의 마나석이 연신 광채를 뿜어냈다.

마치 로키스의 말에 답이라도 하듯.

"그 아이를 보내면 될 것 같군."

"예?"

"기다려 봐라."

로키스가 마음을 굳힌 듯, 자르만과 일리시아를 향해 손짓을 하고는 천천히 마나석 위로 손을 올렸다.

그리고는 눈을 감은 채, 한참을 무어라 중얼거렸다.

그러자 로키스가 문장을 내뱉을 때마다 마나석의 푸른빛이 더 강해졌다 약해지기를 반복했다.

같은 행동이 반복되기를 10분 여.

팟―

기나긴 적막이 끝나고 로키스가 눈을 떴을 때.

—로키스, 안녕?
전혀 생각지도 않았던.
명랑한 여자의 목소리가 들려왔다.

10장
파밍

"이제 일주일인가."

디 데이까지는 일주일이 남아 있었다.

김성일의 핸드폰으로는 하루가 멀다 하고 문자와 톡이 날아들었다.

하지만 전화는 한 통도 걸려오지 않았다.

다만 단체 채팅방으로 보이는 몇 개의 방에서는 하루에도 몇 번씩, 특히 밤과 새벽 시간대를 중심으로 마치 보고를 하듯 글이 올라왔다.

[경기 파주, 7명 합류. 1명 손실. 금일 정화작업 진행 중, 대

열을 이탈한 1명이 일반인들을 공격해 다섯의 사망자를 냄. 꼬리를 끊기 위해 제거함.]

[전북 익산, 1명 합류. 25명 정도의 건달패 아지트 확보. 파밍 예정. 당분간 공급 걱정 없을 듯.]

[경북 문경, 7명 손실. 집단 자살. 자세한 현황 보고는 그분에게 직접 할 예정.]

익명 또는 가명으로 친구 목록에 등록되어 있는 구성원들이 저마다 보고를 남기고 있었다.

문맥상으로 볼 때, 합류는 자신들의 조직으로 합류한 뱀파이어 동료의 수를 말하는 것 같았고, 손실은 말 그대로 사망자인 것 같았다.

정화작업은 아마도 그들이 항상 입에 닳도록 말하던, 사회약자 혹은 불필요한 존재들을 흡혈의 대상으로 삼는 그런 작업을 말하는 것일 터였다.

파밍 예정이라는 말은 처음에는 현성의 고개를 갸웃거리게 만들었지만, 이내 현성은 그 내용을 이해했다.

아마도 당장에 흡혈을 해죽이는 것이 아니라 마치 씨를 뿌리고 농작물을 키우듯, 흡혈 대상들을 죽이지 않고 계속 살아있는 상태로 피를 뽑아내는 그런 시스템이 아닐까 싶었다.

파밍.

이런 문맥으로 이해를 하니 상상만 해도 끔찍한 단어였다.

마치 곰의 쓸개에 금속 관을 삽입하고 주사기를 이용해 쓸개즙을 채취하는 농장의 비인간적인 환경처럼, 유사한 형태로 사람에게서 피를 채취할 수도 있겠다는 생각이 든 것이다.

대상이 움직이지 않도록, 그리고 죽지 않도록만 컨트롤 할 수 있다면… 재생 능력을 가지고 있는 인체인만큼 지속적으로 피를 공급받을 수도 있었다.

이 부분에 대해서는 언젠가 반드시 꼭 확인을 하겠노라고, 현성은 다짐했다.

[경기 수원, 어떻습니까? 요 며칠 보고가 없습니다.]

그때.

한 줄의 문구가 올라왔다.

경기 수원이라면 김성일이 있었던 곳이다.

그가 최후를 맞이한 곳이기도 했다.

각자 저마다 정보를 공유하는 데 수원 쪽에서는 소식이 없자 이상하게 생각했던 모양이었다.

그럴 법도 했다.

김성일과 당일 함께 했던 모든 뱀파이어들이 몰살 당했으니, 정보를 얻을 루트 자체가 없었을 것이다.

현성은 잠시 생각에 잠겼다가, 적당히 말을 둘러댔다.

[경기 수원, 변동 사항 없습니다. 조만간 적극적으로 움직일 예정입니다.]

[괜찮은 포인트가 있습니까? 적절한 파밍 개체라던가?]

[확보할 수 있을 것 같습니다.]

[좋은 소식이군요.]

대화가 약간 오고갔다.

냉랭하다 못해 딱딱하기까지 해 보이는 대화들.

이들에게 있어 평범한 사람들은 더 이상 사람으로 보이지 않는 것 같았다.

마치 사냥을 해야 할 개체, 혹은 때려잡아야 할 소 돼지 마냥 생각하는 느낌이 들었다.

현성은 좀 더 대화를 이어보기로 했다.

위험한 한 수가 될 수도 있지만, 경우에 따라선 더 많은 정보를 얻을 수도 있을 방법이었다.

[금주 금요일, 참여합니까?]

[회동 말입니까?]

[예.]

[경기 파주, 참여합니다. 아마 경기 권에 계신 분들은 거의 다 오실 겁니다. 이 방에는 지역 분배 때문에 계시지 않지만 말입니다. 수원에서도 오십니까?]

[예.]

[드디어 뵙겠군요. 많은 정보를 공유했으면 합니다. 쓸 만
한 녀석들도 한 번 보여드리겠습니다.]

[감사합니다.]

[그럼.]

삐.

현성이 대화방을 확인하던 스마트폰 화면을 껐다.

정보는 충분히 얻었다.

이번 주 금요일.

현성이 디 데이로 지칭한 그 날.

그분이라 지칭되는 그녀와 함께 경기권 일대에 포진하고
있는 뱀파이어 조직들의 리더가 모이는 모양이었다.

모르긴 몰라도 수가 상당할 것으로 예상됐다.

현성은 전에 없는 기회가 될 것이라 생각했다.

단번에 그들 모두를 뿌리 뽑을 수는 없겠지만.

적어도 윗선을 잘라두면, 지금처럼 조직적으로 움직이는
것을 막아볼 수 있을 것이다.

*   *   *

"오늘도 점심 굶으시게요? 자, 이 빵이라도 드세요. 여자가

다이어트도 좋지만, 무작정 굶는 걸로는 살이 안 빠집니다. 나중에 못 참고 뭐라도 먹으면 오히려 찐다니까요."

"괜찮습니다, 매니저 님. 그리고 말 놓으셔도 괜찮아요."

"사양 말고 먹어요. 그리고 매니저라고 해서 저보다 나이 많은 분에게 말 놓는 일 없습니다. 그건 제가 불편해서요. 지금 이대로가 편합니다."

"그나저나 현성 씨… 아니 사장님은 안 나오시는 건가요? 요즘 잘 보이시지 않는데……."

"매장 내의 일만큼이나 외적인 일도 많으니까요. 요즘 많이 지쳐 있을 겁니다. 충분히 휴식할 시간이 필요할 겁니다."

"그런가요……."

"자, 멍하니 창밖만 바라보지 말고. 빵이라도 먹어요. 그럼 더 귀찮게는 안 할게요."

따뜻한 뚝배기 한 그릇 본점의 점심서간.

오늘은 평소보다는 손님이 없었다.

손님이라는 것이 몰리는 시간일 때도 있고, 그렇지 않을 때도 있는 법.

마침 찾아온 한가한 시간대에 매장 직원들은 살짝 늦은 점심을 먹고 있었다.

다들 이 반찬 저 반찬 때려 넣어 만든 비빔밥을 맛있게 먹고 있었지만, 유독 차예련만 식사를 하지 않은 채 멍하니 창밖만 바라보고 있었다.

벌써 나흘 째였다.

계속 그녀를 지켜보던 상화는 보다 참을 수 없었는지, 단숨에 달려 나가 빵집에서 빵 몇 개를 사왔다.

하지만 그녀는 별 생각 없는 듯, 빵을 한 입 베어 물고는 다시는 입에 대지 않았다.

차예련 본인만 알지 못할 뿐, 상화는 그녀에게 많은 호감을 느끼고 있었다.

나이는 자신보다 많았지만, 아무래도 상관없었다.

청순한 듯한 외모 속에 숨겨진 글래머러스한 몸매.

궂은일도 마다하지 않는 털털함과 적극성은 상화의 마음을 단번에 사로잡았다.

자신의 이상형이었던 것이다.

평소에는 그 누구보다도 환하게 열심히 일하는 그녀였다.

하지만 이따금씩 생각에 잠겨서는 창밖을 바라보며 저러곤 하는 것이었다.

그리고 그때마다 현성을 찾았다.

"흐음……."

"예련 씨? 잠깐 산책이나 할까요? 바람이나 쐬죠."

"그럴… 까요?"

상화가 차예련의 손을 잡고는 그녀를 일으켜 세웠다.

그녀는 순순히 상화의 손길을 따라 매장 밖으로 향했다.

직원들은 밖으로 나서는 두 사람의 모습을 보며, 킬킬거렸다.

조롱이나 비웃음은 아니었다.

다만 제3자가 봤을 때, 누가 봐도 너무 티가 나는 상화의 관심 표현이었기에 웃음이 절로 나는 것이었다.

"현성이, 아니 사장님은 왜요? 무슨 일이라도 있나요?"

"그냥 요즘 통 보이지 않으니까, 무슨 일이라도 생기셨나 해서. 다른 건 없어요."

상화의 물음에 차예련이 고개를 저었다.

그녀가 매장에서 일하게 된 것은 현성의 추천 때문이었다.

당시 상화는 간단한 정보 수집 차원에서라도 그녀를 어디서 만났고, 어떻게 이곳에 오게 되었는지 알고 싶다고 했지만.

현성은 자세하게 말해주지 않았다.

친분이 있던 사람이었는데, 마침 일자리가 필요하게 되어 자리를 마련해 주게 되었다고 말한 것이 전부였다.

지금 생각해 보면, 현성답지 않았던 설명이었다.

현성은 항상 어떤 일을 추진할 때 확실한 인과관계를 가지고 진행을 하고, 동료들이나 주변 사람들을 타당한 이유로 설득하곤 했었다.

얼렁뚱땅 넘어가는 일은 없었다.

현성의 냉철한 성격과도 맞지 않는 일이었다.

하나 차예련에 대해서만 자세한 설명을 꺼렸다.

처음에는 현성이 양다리를 걸치는 것이 아닌가 생각해 보기도 했었다.

그럴 만큼 매력이 있는 여자였다.

하지만 현성은 차예련에게 일자리를 마련해준 뒤, 매장에서 한 번 마주쳤던 것을 제외하고는 개인 업무로 바쁜 나날을 보내는 중이었다.

자신의 친구와 달리 사랑을 주고받는 연인 사이가 아니라면.

상화는 차예련에게 호감이 있는 만큼, 적극적으로 대쉬해 볼 생각이었다.

"예련 씨는 애인 없어요? 남자 친구라던가, 뭐 아니면 썸타는 남자라던가. 충분히 있을 것 같은데. 안 그래요?"

"없어요. 하늘로 떠나 보낸 지 좀 됐어요."

"아… 제가 괜한 걸 물었군요."

상화의 표정이 살짝 굳었다.

단순히 헤어진 남자 친구가 아닌 세상을 떠난 남자 친구에 대한 이야기였으니까.

"아니에요. 하지 못할 이야기도 아닌 걸요."

차예련이 하늘을 올려다보았다.

전 남자 친구는 이제 곁에 없다.

세상을 떠난 사람.

하지만 미련이라든가 애틋한 마음도 없었다.

그러기엔 전 남자 친구에 의해 뱀파이어가 된 이후, 자신이 겪은 힘들었던 기억들이 너무 많았다.

다시 생각하기도 싫은 잔혹한 기억이었다.

"혹시 현성이에게 호감이 있으신 건가요?"

"아니에요, 없어요. 단지……."

"단지?"

"전 남자 친구를 많이 닮았거든요. 그래서 지켜보고 있으면 예전 남자 친구가 살아 있는 것 같아서. 가끔 착각에 빠지곤 해요. 물론 현실로 돌아오면 금방 깨닫게 되지만요. 가끔 울적하거나 답답할 때 있잖아요. 그럴 때 현성 씨를 보면 좀 나아지는 것 같아서. 그래서 그래요."

차예련은 가감 없이 자신의 속마음을 툴툴 털어놓았다.

그녀의 솔직한 이야기를 듣고 나니, 괜히 자신도 모르게 현성에게 가졌던 질투 같은 것이 어리석었던 것이라는 생각이 들었다.

현성이 그녀를 데려오게 된 배경에 대해 자세히 말해주지 않았던 것도 어느 정도 이해가 갔다.

"예련 씨."

"네?"

"나는 돌려 말하는 성격이 아니라서요. 단도직입적으로 말할게요. 그리고 예련 씨가 아니라고 하면, 뒤끝 없이 빠르게

266 컨트롤러

마음을 접을 생각입니다. 솔직히 저는 예련 씨에게 호감을 많이 가지고 있어요. 제 이상형과 쏙 빼닮았거든요. 예련 씨가 괜찮으면⋯⋯."

"괜찮으면⋯⋯?"

차예련의 눈빛이 빛났다.

상화가 이따금씩 그녀를 마주볼 때마다 최고의 매력으로 느끼는 것이 바로 초롱초롱한 이 눈빛이었다.

다른 여자와는 비교할 수 없는 그녀만의 매력적인 눈빛이었다.

"마음을 빼앗을 수 있도록 기회를 줬으면 해요. 솔직하게 당신이 마음에 들어요. 싫다면 깨끗하게 물러설 수 있어요. 마음의 준비가 안 되었다고 해도⋯⋯."

"⋯⋯."

잠시 차예련은 말이 없었다.

상화는 자신이 너무 돌직구를 던진 탓에 차예련이 당황한 것이 아닐까 생각했다.

좋았던 이미지가 한 번에 날라가는 것이 아닐까 싶은 생각도 들었다.

하지만 차예련의 반응은 조금 달랐다.

갑자기 눈가가 촉촉해지며, 우수에 찬 눈빛으로 되묻는 것이었다.

"나 같은 여자가 그만큼의 매력이 있을까요⋯⋯?"

자책하는 듯한 말투.

지금껏 본 적 없는 자신 없는 모습의 차예련이었다.

"왜 매력이 없다고 생각해요? 당신은 지금 이대로도 충분히 매력 있는 사람인데요. 당연히 매력 있죠."

상화가 고개를 끄덕였다.

"누군가가 지켜줘야만 하는 그런 나약한 여자는 되고 싶지 않아요. 도움만 받고 사는 그런 여자… 나는 싫거든요."

"예련 씨는 그런 여자 아닙니다."

"상화 씨."

"예."

"조금만 더 시간을 줄 수 있나요? 아직 마음이 완벽하게 치유되지 않았거든요. 좀 더 추스를 시간이 필요해요. 내가 내 스스로에게 자신감을 가질 수 있는 시간… 그 시간을 충분히 가지고 나면, 다시 이야기 할게요. 기다려줄 수 있나요?"

그녀의 눈가는 당장에라도 눈물을 쏟아낼 것처럼 반짝이고 있었다.

"물론입니다."

상화가 고개를 끄덕였다.

자신은 알지 못했던 아픈 사연을 가지고 있었기 때문이라 생각하니, 그녀의 저런 행동들도 이해가 갔다.

"상화 씨."

"네."

"고마워요. 그 말 한마디로도 벌써 마음이 설레여요. 고마워요, 빈말이라도 감사하게 생각할게요."

"빈말 아닙니다. 기다릴게요. 그 다음에 당당하게 평가를 받도록 하죠!"

상화가 당당한 목소리로 외쳤다.

그러자 우수에 젖은 눈빛으로 슬퍼보이던 그녀의 입가에도 미소가 돌았다.

울적했던 기분이 단숨에 씻겨져 나가는 느낌이었다.

"다시 열심히 일해 볼게요. 맛있는 밥도 챙겨 먹고요. 걱정 끼쳐서 미안해요. 우리 돌아가요."

"그럽시다!"

상화가 앞장을 서고, 차예련이 그의 뒤를 따랐다.

나올 때는 뭔가 어두워 보였던 두 남녀의 발걸음이었지만.

다시 매장으로 돌아오는 걸음은 한결 가벼워 보였다.

그렇게 상화의 삶에도 한줄기 봄바람이 불어오고 있었다.

*　　　*　　　*

"끄아아아아악! 씨발 놈들아, 그냥 날 죽여라!"

"으, 으, 으아아! 아악, 씨발―!"

"우웨에에에엑!"

넓은 지하실 안.

깨져나간 형광등 몇 개로 인해 어두침침해진 지하실 여기저기에서 비명이 터져 나왔다.

소리만 들어도 온몸에 소름이 끼칠 정도의 비명이었다.

하지만 정작 현장에 있는 사람들은 별다른 표정의 변화 없이, 일상의 한 단면처럼 시간을 보내고 있었다.

되려 한 켠에서는 유행가가 흘러나오고, 그 노래를 흥얼거리며 따라 부르는 모습이었다.

"하암… 배고픈데."

"먹어. 오늘은 이놈이야."

지하실 안에서는 기괴스런 광경이 펼쳐지고 있었다.

150평은 족히 넘는 지하실.

왼쪽 구석에는 흡사 십자가 모양으로 만들어진 기둥이 20개 정도 세워져 있었다.

그 기둥에는 팬티를 제외하고 모든 옷이 벗겨진 남자 스물이 각 기둥마다 매달려 있었다.

양손과 양발, 그리고 허리가 굵은 밧줄로 묶인 탓에 움직일 수조차 없는 상태인 그들은 대부분 겁에 질린 표정으로 부르르 떨다 의식을 잃거나, 괴성을 내지르길 반복하고 있었다.

그들의 오른 팔뚝에는 주사바늘이 꽂혀 있었고, 주사에 연결 된 긴 호스를 따라 바닥에 놓인 PET 병에는 핏물이 뚝뚝 떨어지며 쌓여가고 있었다.

그리고 왼 팔뚝에는 수액 주사가 꽂혀 있었다.

한 쪽에서는 피가 계속해서 빠져나오고, 한 쪽으로는 수액이 계속 들어가는 구조였던 것이다.

이 광경을 보고 있는 사람의 반응은 딱 두 가지였다.

그리고 이 지하실 안에 있는 사람의 부류도 딱 두 가지였다.

바로 뱀파이어와 그렇지 않은 자들이었다.

"어디……."

막 잠에서 깨어난 뱀파이어 하나가 눈을 비비며 먹거리를 찾았다.

그러자 동료 하나가 가장 오른쪽에 묶여 있던 남자를 가리켰다.

그저께 잔뜩 피를 빨린 후.

어제는 충분히 몸이 회복할 수 있도록 시간을 주었고.

이제 오늘 식사 차례가 된 대상들 중 하나였다.

"하아, 씨발… 그냥 죽여. 죽이면 되잖아. 너희 뭐하는 놈들이야. 어느 조직 소속이야? 우리한테 이렇게 원수 진 놈들은 없어. 목숨만 살려줘. 원하는 건 다 줄게, 돈이든 뭐든!"

남자가 소리쳤다.

그의 얼굴은 잔뜩 겁에 질려 있었다.

불과 며칠 전만 해도 밤거리를 휘저으며 온갖 건달짓을 일삼고 다니던 남자의 얼굴에 거만함은 사라진지 오래였다.

겁에 질린 두 눈에는 오로지 공포와 두려움만이 가득했다.

"원하는 건 네 피야. 다른 건 없어. 돈도 필요 없고……."

뱀파이어가 무심히 남자의 말을 받았다.

"아아악! 씨발, 제발 좀!"

"후후후."

그리고 뱀파이어는 남자의 오른쪽 팔뚝에 꽂힌 주사 아래로 길게 늘어뜨린 호스에 입을 가져다 댔다.

그런 다음 마치 음료수를 들이키듯, 호스를 따라 피를 쪽쪽 빨아들이기 시작했다.

"어억! 어어어억!"

생생하게 현장이 드러났다.

남자는 자신의 오른쪽 팔뚝에 꽂힌 바늘을 타고 자신의 피가 빠르게 빨려나가는 것을 보았다.

방금 전까지 투명했던 호스는 어느새 핏물로 가득 차 있었다.

뱀파이어의 목젖이 한 번 움직일 때마다, 엄청난 양의 혈액이 몸속에서 쑥쑥 빠져나갔다.

순간 정신이 아찔하고, 모든 것이 샛노랗게 변할 정도의 쇼크가 반복됐다.

그리고 이내 정신마저 희미해져 고개를 떨구려는 그 찰나.

"요놈은 여기까지. 상태가 썩 좋지가 않네. 좀 더 먹이거나 해야겠는데."

"쩝쩝… 내 앞 순번이 누구였어?"

"경철이잖아."

"새끼, 그놈이 가장 알짜배기로 먹었나 본데. 얘 맛이 이상해. 내 다음 차례는 먹다가 토할 것 같은데."

"그 정도야?"

"니가 먹어봐라."

비정상적인 대화가 오고 갔다.

피를 마시고 그 맛을 평가하는 남자.

그리고 그 말을 듣고 다시 맛을 보는 남자.

건달은 이 끔찍한 광경이 꿈이라고 생각하고 싶었다.

하지만 안타깝게도 고통까지 생생한 현실이었다.

츄으으읍—

동료의 말을 들은 뱀파이어가 핏물을 빨아들였다.

그러자 마치 껄쩍지근한 무언가를 먹은 듯, 이내 인상을 찌푸리며 억지로 마신 피를 꿀꺽 삼켰다.

그리고 소리쳤다.

"맛이 왜 이래?"

"비위가 좋으니까 먹었지. 다음 차례는 백프로다. 못 먹어."

"허, 시발……."

뱀파이어가 욕지거리를 내뱉었다.

그리고는 망설임 없이 바닥에 내던져진 상태로 있던 사시미 하나를 주워들었다.

"뭐, 뭐, 뭐야? 왜? 뭐하는 거야?"

"뭐하긴."

푸욱!

"컥……."

뱀파이어의 손길이 무심히 남자의 왼쪽 가슴을 꿰뚫었다.

순식간에 숨이 끊어진 남자는 더 이상 말을 잇지 못했다.

죽은 것이다.

"아아아악!"

"이런 좆같은 새끼들―!"

그 와중에도 여기저기서 비명과 욕이 터져 나왔다.

그때마다 호스는 온통 핏물로 가득 채워졌다.

사육이라는 말이 어울릴 광경이었다.

최근 지방 곳곳에는 이런 비정상적인 현장들이 점점 늘어

가고 있었다.

뱀파이어들이 증식하던 초반 무렵.

당시에는 컨트롤 타워라 불릴 만한 지도 세력이 없었다.

움직임에 어떤 매뉴얼이 존재하지도 않았고, 그럴 필요성

도 느끼지 못했다.

하지만 개체가 빠르게 늘어나면서 상황이 심각해져 갔다.

뱀파이어들은 자신이 뱀파이어임을 들키지 않으면서, 필

요한 흡혈의 욕구를 충족시키길 바랐다.

하지만 그 수가 늘어나면서 돌발 행동을 하는 자들이 생겨났고, 때문에 뱀파이어의 존재에 대해 음으로 양으로 알려지고 있는 상황이었다.

아직까진 여전히 대부분의 사람들이 허무맹랑한 이야기로 치부하고 있지만, 언제 그 인식이 바뀔지는 모를 일이었다.

실제로 한 뱀파이어의 흡혈 광경이 CCTV에 남은 적도 있었다. 당시 경찰들은 이를 그저 살인마의 변태적인 취미인 것으로 단정하고 넘겨버렸지만, 언제 이것이 주목을 받게 될지는 모를 일이었다.

이후 뱀파이어들이 저마다 네트워크를 형성하고, 그 위에서 후견인 역할을 해주기 시작한 '그분'이 등장하면서 상황이 달라졌다.

사람들의 눈에 띄지 않게 은밀하게 움직이게 된 것이다.

'정화 작업'이라 불리는 것이 그것이었다.

노숙자, 부랑자, 비행 청소년들의 근거지를 습격해 그들의 피를 취하고 죽이는 것.

당장 죽어 없어지더라도 사회에서 큰 관심을 가지지 않을 법한 대상들을 노렸다.

하지만 이것은 한계가 있었다.

결국 일반 사람들에게도 범위를 확대할 수밖에 없었던 것이다.

그때, 새로운 대안으로 떠오른 것이 바로 '파밍'이었다.

파밍(Farming)이라는 단어가 사용된 시초는 게임이었다.

돈이나 아이템을 모으는 것을 두고 농사에 빗대어 표현한 단어였던 것이다.

하지만 여러 가지로 의미가 일맥상통했다.

뱀파이어들은 피를 취하기 위해 제물이 될 사람들을 모았다.

그리고 죽이지 않고 지속적으로 목숨을 유지시키고, 회복된 양만큼의 피를 빨았다.

획기적인 방법이었다.

예전에는 한 명의 뱀파이어가 한 사람의 피를 취하고 나면, 그 사람은 죽거나 또 다른 뱀파이어가 되어 피의 수요를 늘렸다.

하지만 이런 방식이면 공급이 부족한 상태에서 부담이 될 뱀파이어의 증식을 막으면서, 개개인의 뱀파이어들의 지속적인 혈액 공급원을 얻을 수 있었다.

암시장 따위에서 거래되는 피를 구하는 것도 한계가 있는 만큼, 최고의 방법이었다.

전북 익산에 있는 한 조직이 확보한 25명의 파밍 라인은 그중 하나였다.

뱀파이어 네트워크를 통해 공유되고 있는 정보에 따르면, 파주 일대에는 120명 단위의 파밍 라인이 있다고 했다.

아예 폐공장 하나를 임대해서는 대규모로 흡혈할 수 있는 공간을 만들어버린 것이다.

주변에 인접한 인구 밀집 지역도 없는데다가, 온몸이 꽁꽁 묶인 제물들은 탈출할 엄두조차 내지 못했다.

나갈 수 있는 방법은 하나.

죽임을 당해 더 이상 쓸모없는 시체가 되고 난 뒤였다.

파밍은 뱀파이어들 사이에서 최고의 대안으로 떠오르고 있었다.

각 지부를 담당하고 있는 리더들은 그 타깃으로 지역 내 건달이나 비행 청소년 조직을 노렸다.

규모가 꽤 되면서도 없어졌을 때 큰 문제가 되지 않을 법한 타깃이었다.

이제 파밍은 전국적으로 각 조직에 확산되어가고 있었다.

그 즈음에 현성이 이 사실을 알게 된 것이다.

추악한 뱀파이어의 이면들.

그 위에는 역시 신정우와 김성희가 있었다.

11장
리나

"근질근질하겠군."

--하아아암! 그럼요. 할 일이 없는게 얼마나 심심한 건데요. 더군다나 나는 어디 갈 곳도 없는 처지잖아요?

마나석 너머에서 들려온 목소리.

자르만과 일리시아는 로키스가 마법을 이용해 투영시킨 아공간의 모습을 보았다.

그 안에는 이제 갓 스물이 되었을 법한 소녀가 따분한 듯 하품을 늘어놓으며 뒹굴고 있었다.

"차라리 아예 죽어버리는 건 어때. 영원한 해방인데 말이야."

―그건 무섭잖아요. 예전에 엄마가 그랬어요. 영혼마저 죽어버리면 영원히 고통받는 불길 속에 떨어져 평생을 비명만 질러야 한대요. 이미 죽은 영혼이라 다시 죽을 수도 없는데, 고통은 느낀다나? 그래서 모든 인간은 고통스럽다고 그랬었는데. 차라리 내가 낫지 않아요?

"떠돌이처럼 살아도 이게 낫다?"

―가끔 심심할 때 이렇게 로키스가 불러주고, 일거리를 주면 나름 즐거움이죠. 난 특별한 사람이잖아요.

"정확하게 말하지. 특별하게 공간에 갇힌 사람이지. 그렇지 않나?"

―자꾸 아픈 속 긁는 얘기는 하지 말자구요.

"준비됐나?"

―항상 준비는 되어 있어요.

"모든 것은 현지에서 조달해야 할 텐데."

―괜찮다니까요. 아, 진짜 시시콜콜 말 계속 이어갈래요? 보내줘요! 심심하니까!

"이 아이의 이름은 리나라고 하지. 이제부터 나는 이 마나석을 이용해 이 아이를 네 제자의 세상으로 보낼 것이다. 잠시 그 세계에 살고 있는 사람의 몸을 빌어 활동하게 될 것이다. 마나석에 있는 모든 마나를 끌어다 쓰는 것이니… 짧게는 1년에서 경우에 따라 2년 정도 버틸 수 있겠지. 이 방법이 차원의 균형에 아무런 영향도 주지 않고, 가장 많은 힘을 행사

할 수 있는 방법이다."

샤아아아ㅡ

로키스가 자르만과 일리시아에게 빠르게 설명을 하고는 바로 다음 차례로 진행해 나갔다.

두 사람은 난생 처음 보는 광경에 집중하고 있었다.

거대한 마나석의 규모에도 놀랐지만, 저 아이, 그러니까 리나가 시공의 틈에 갇힌 존재라는 사실에도 놀랐다.

육체는 존재하지 않지만, 영혼은 남아 있는 존재.

그리고 마나의 힘을 빌어 시공을 뛰어넘은 뒤, 다른 사람의 몸을 취해 살아갈 수 있는 존재.

애초에 연구 대상, 아니 예상의 범주에도 두지 않았던 일이었다.

불가능하다고 생각했던 것이다.

하지만 블랙 드래곤 로키스는 그것이 현실로 가능하다는 것을 몸소 보여주고 있었다.

ㅡ간다, 간다, 간다아아아!

리나가 소리쳤다.

잔뜩 기대에 한 눈빛이었다.

이내 영상 속에 비친 리나의 머리가 흩날리기 시작했다.

마치 빠르게 움직이는 무언가 위에 서 있는 것처럼.

"자, 네 제자의 외모와 특징은 기억하고 있겠지. 직접 마나 구체를 이용해 모습을 관찰해 왔으니."

"예."

"내 오른손을 잡고, 그 녀석에 대한 기억을 떠올려라. 그러면 리나에게도 자연스럽게 정보가 전달될 것이다. 이름, 외모, 특징, 사는 곳. 뭐든 기억나는 게 많을수록 좋겠지."

자르만과 일리시아가 조심스럽게 로키스의 손을 잡았다.

인간의 모습으로 폴리모프 한 로키스의 손을 붙잡는 것이지만, 괜시리 손끝이 떨리는 것이었다.

어쨌든 드래곤의 신체 일부를 만진다는 느낌이… 난생 처음 경험하는 것이기에 더더욱 그러했다.

파팟— 팟—

자르만과 일리시아가 현성에 대한 기억을 떠올리고 되새길 때마다, 마나석이 반짝였다.

그리고 저 너머의 리나도 그것을 인지한 듯, 두 눈을 감은 채로 연신 고개를 끄덕였다.

—오케이, 오케이. 누군지 알겠어. 괜찮게 생겼는데? 잘 생겼어! 이 사람을 도와주면 된다는 거지? 먹잇감들은 다 쓸어버리고 말이야. 그건 내 자유고?

"물론이다."

로키스가 고개를 끄덕였다.

"더 전달할 것은 없나? 마지막으로 묻는 것이다."

로키스가 두 사람에게 되물었다.

두 사람은 고개를 저었다.

"그럼……."

양손을 마나석에 가져다 댄 로키스가 빠르게 주문을 외우기 시작했다.

드래곤 고유의 언어.

인간은 흉내조차 낼 수 없는 용언 마법이었다.

지이이이이이잉!

마나석이 뒤흔들리며 이내 색깔이 붉게 변하기 시작했다.

레어 전체가 들썩였다.

동시에 영상 속 리나의 모습이 점점 희미해지기 시작했다.

ー갔다 올게!

파아아앗!

리나의 마지막 외침과 동시에.

영상 속의 리나는 사라졌다.

그리고 마지막 광채를 내뿜던 마나석은 이내 그 힘을 다하고, 검고 푸석푸석해진 평범한 돌의 모습으로 변해버렸다.

순식간에 마나 전량이 소진된 것이다.

"아직 한 가지 할 일이 더 남았다."

"무엇입니까?"

마나석의 상태와 영상을 보고 리나가 떠난 것을 확인한 로키스가 말을 이었다.

순간 적막이 감돌았다.

냉랭한 목소리로 말을 잇는 로키스의 어감이 꺼림칙했기 때문이다.

"네 저택으로 날 안내해라. 당분간 너희 둘의 저택을 내 임시 거처 및 연구 장소로 쓰겠다."

"그, 그게… 되겠습니까?"

파격적인 제안이었다.

아니 유례가 없는 일이었다.

과거 몇몇 마법사들이 견습을 허가받고 드래곤 레어 근처에서 생활하거나, 조사 활동을 했던 적은 있었다.

어디까지나 드래곤의 영역에 방문하는 형식이었던 것이다.

하지만 이것은 정반대의 경우였다.

드래곤은 경우에 따라 인간에게 호의적일 때도 있지만, 기본적으로 인간들의 세계에 잘 적응하지 못했다.

개인의 영역이 넓고 혼자 활동하기를 좋아해, 인간들과 잘 어울리지 못하기 때문이다.

"너희들이 나에 대해 무엇을 생각하든, 어떤 편견이나 선입견을 가지고 있건 간에 난 무관한 존재다. 못할 이유가 없지. 내 본신의 모습으로만 있지 않는다면 말이야."

로키스가 인간의 모습을 한 자신의 몸을 다시금 바라보며 어깨를 으쓱거렸다.

이대로만 봐서는 영락없는 20대 흑발 청년의 모습이었다.

자르만과 일리시아는 바로 말을 잇지 못했다.

어떤 의미로 보면 크나큰 영광이었다.

지금껏 자신들이 생각해왔던 블랙 드래곤 로키스에 대한 이미지를 한 번에 무너뜨리는 일이기도 했다.

사악하고, 난폭하고, 흉폭한 블랙 드래곤.

그는 그런 존재가 아니었다.

그 누구보다도 자신들의 연구에 많은 관심을 가지고 있고, 그렇기 때문에 공통분모가 많은 동료였던 것이다.

"제가 안내하지요! 이번에도 그럼?"

일리시아가 자연스럽게 로키스의 등판을 바라보았다.

본신의 등 위에 올라타 보고 싶어하는 눈치였다.

하지만 로키스는 싸늘한 표정으로 고개를 저었다.

"내 등짝을 빌려 탈 생각이라면… 걷도록 하지. 그간의 정황들을 너무 빠르게 흘려들었어. 자세히, 연구를 시작하게 된 첫 날부터 이야기를 들어보도록 하지. 그럴 만한 여유가 없는 건 아니겠지, 인간?"

"시간이야 충분하지요."

"가시죠. 제가 길을 잡겠습니다."

자르만이 앞장섰다.

그 뒤를 일리시아가 따르고, 로키스가 쫓았다.

두 사람의 마법 연구는 그렇게 새로운 전환점을 맞이하고 있었다.

그리고 현성에게도··· 터닝 포인트가 찾아오고 있었다.

＊ ＊ ＊

"음?"

깜빡— 깜빡—

온통 새까맣게 변했던 세상이 밝아졌다.

리나가 눈을 뜬 것은 꿈속에서 양을 천 마리도 넘게 세고 난 후였다.

긴 꿈이었다.

드넓은 언덕 위에 앉아 지나가는 양떼들의 수를 세는 꿈이었다.

꿈인 줄 알면서도 재미삼아 양떼를 세기 시작했는데··· 중간에 몇 번을 까먹고 난 다음에야 겨우 양을 다 셌던 차였다.

"어디야, 여긴?"

리나가 눈을 깜빡거리며 주변을 살폈다.

침대 위였다.

파팟! 팟! 팟! 팟!

"음··· 으으음·······."

순간 머릿속이 요동치기 시작했다.

늘상 겪는 일이었다.

로키스의 힘을 빌어 다른 차원에 존재하는 누군가의 몸을 빌어 깨어나고 나면.

그 사람이 지니고 있던 기억들과 리나 자신이 가지고 있던 기억들이 뒤섞이며 충돌을 일으켰다.

정리할 시간이 필요했던 것이다.

"젠장… 아파."

머리가 깨질 듯한 두통이 찾아왔다.

리나는 몸을 웅크린 채로 한참을 끙끙 거렸다.

그리고 얼마 뒤.

바늘로 콕콕 찌르는 듯한 두통이 잦아들 무렵, 자신이 빌린 몸의 주인에 대한 기억도 살아났다.

이름은 김연희.

나이는 스무살이었다.

불행인지 다행인지… 가족은 없었다.

친구도 많지 않았다.

살아온 기억들은 부모님이 돌아가신 중학교 시절 이후로 는 술과 담배, 그리고 이성친구와의 관계 등으로 얼룩진 방탕 한 기억들뿐이었다.

최근에는 룸싸롱에 나가 소위 '아가씨'로 일하며 돈을 벌 고 있었다.

"하……."

리나가 한숨을 내쉬었다.

그러자 술냄새가 입을 타고 올라와 코끝을 찔렀다.

얼마나 마셨길래 이 정도일까.

리나는 스스로 자신의 코를 틀어막으며, 빠르게 몸에 대한 탐색도 끝냈다.

"어으, 시원하다."

바로 그때.

잠겨 있던 욕실문이 열리고, 가운을 대충 둘러 입은 중년의 남자 하나가 밖으로 나섰다.

기억의 조각은 여기에 오기까지의 과정을 리나에게 토해 냈다.

1차 접대, 그리고 2차.

몸을 파는 자리였던 것이다.

"……."

빠드득.

리나가 이를 갈았다.

매춘은 질색이었다.

사랑하지 않는 사람, 아니 백번 양보해서 호감조차 없는 사람과 관계를 맺는 것은 끔찍한 일이었다.

"우리 연희… 이제 해야지? 많이 촉촉해 졌을까?"

듣기만 해도 소름끼치는 남자의 말에 리나는 인상을 찌푸렸다.

그리고 왼손을 뻗어 대충 집히는 무언가를 들어 올렸다.

유리 재떨이였다.

"허어, 그런 건 내려놔야지. 갑자기 왜 그래? 오늘은 반항하는 콘셉트로 오빠랑 놀기로 한 거야? 그런 건가~?"

남자는 되려 즐기는 눈치였다.

한두 번 해봤던 일이 아닌 듯싶었다.

리나는 생각을 바꿨다.

이래저래 잠음을 내고 싶지도 않았다.

연희라는 아이, 얼마나 망가진 삶을 살아왔는지는 모르겠지만.

이제부터는 아니었다.

적어도 자신이 몸의 주인으로 있는 한은.

"오빠?"

리나가 자연스럽게 한국어를 내뱉었다.

원래의 몸이 가지고 있던 능력들을 그대로 받아들인만큼, 언어 적응에는 따로 시간이 필요하지 않았다.

"오, 오빠라고 했어? 아까는 그렇게 오빠라고 부르라고 해도 아저씨라고 부르고, 사장님이라고 부르고 그러더만?"

남자가 주섬주섬 가운의 단추를 풀기 시작했다.

벌써부터 몸이 달아오른 모양이었다.

"오빠, 잠깐 이리 와봐."

"음? 갑자기 왜?"

"오빠 좀 가까이서 보고 싶어서 그래."

리나가 들고 있던 재떨이를 내려놓고, 매혹적인 눈빛으로 남자를 유혹했다.

그러자 리나의 눈빛에 홀린 남자가 가운을 반쯤 벗어 던지고, 출렁이는 가슴살을 드러내며 점점 그녀에게로 다가왔다.

"오빠?"

"응?"

리나가 다시 한 번 그를 불렀다.

그리고 그가 몸을 들썩이며 다가서려는 찰나.

뻐억!

다리를 뻗어 정확히 그의 급소를 올려쳤다.

"억!"

남자의 몸이 활시위처럼 앞으로 꺾였다.

급소를 타고 전신으로 뻗어져 나가는 고통.

그것 하나만으로도 얼굴을 시뻘겋게 만들기에는 충분했다.

"다른 사람 알아봐!"

빠악!

"커헉!"

리나가 다시 한 번 온 힘을 다해 급소를 올려쳤다.

쿠웅!

그것으로 끝이었다.

정확히 한가운데로 들어온 날카로운 일격.

두 번의 일격에 녹다운 된 남자는 앞으로 고꾸라진 채로 그대로 기절해 버렸다.

"후. 어떻게 시작을 한담? 찾아가긴 찾아가야겠는데… 어떻게 찾아야 현명하려나?"

모텔을 나선 김연희, 아니 리나는 우선 가방을 뒤졌다.

생각보다 돈은 많았다.

배를 곯고 살지는 않았던 모양이었다.

현성의 이름과 외모는 알고 있었지만, 거처에 대해서는 따로 얻은 정보가 없었다.

자르만과 일리시아도 마나 구체를 통해 현성의 일거수일투족을 지켜볼 수 있었기 때문에, 굳이 어디에 살고 주소가 무엇인지를 알 생각조차 하지 않았던 것이다.

하지만 현성을 도우라는 부탁을 받고, 이제 현성을 찾아야만 하는 그녀의 입장에서는 모래사장 위에서 바늘을 찾는 것 같은 느낌이었다.

바로 그때.

"어?"

저벅저벅— 저벅저벅—

리나의 눈에 믿지 못할 광경이 눈에 들어왔다.

바로 눈앞에서 스쳐지나간 일곱 명의 남녀가 있었다.

남자 넷, 여자 셋의 일행.

한데 이 사람들 모두가.

'뱀파이어야? 이 정도야?'

그녀의 능력은 특별했다.

그녀는 뱀파이어와 그렇지 않은 자를 완벽하게 구분해서 볼 수 있었다.

평범한 사람은 피부색깔 그대로 비춰져 보이지만, 그렇지 않은 뱀파이어들은 검붉은 색의 피부로 보이는 것이다.

태어날 때부터 뱀파이어 사냥꾼의 피를 이어받고 태어났던 그녀는 태생적으로 그런 특별한 능력이 있었다.

물론 식성도 달랐다.

그녀는 인간이 먹는 음식이나 물 따위로 살지 않았다.

오히려 그런 것들은 독이었다.

리나의 유일한 낙이자 즐기는 먹거리는 바로 뱀파이어의 오염된 피, 그리고 그들의 생기 넘치는 고깃덩어리였던 것이다.

그것이 로키스가 리나를 이곳으로 보낸, 가장 첫 번째 이유였다.

젖과 꿀, 아니 먹거리가 넘쳐흐르는 땅.

2014년의 대한민국 땅덩어리만큼 그녀에게 매력적일 공간은 없었다!

"흠흠."

리나가 옷매무새를 어루만졌다.

그리고 어디론가 부지런히 움직이는 뱀파이어 무리를 향해 다가갔다.

"저기요."

"예?"

"잠깐만 같이 동행할 수 있을까요? 아까부터 제 뒤를 쫓아오는 남자가 있는 것 같아서요……."

"음……."

무리의 선두에 서 있던 남자가 양옆의 동료들을 살폈다.

그들이 눈빛을 서로 교환했다.

어떤 뜻인지는 몰라도, 리나는 어렴풋이 직감할 수 있었다.

이게 왠 떡인가 싶었을 것이다.

뱀파이어게 제 발로 걸어 들어온 인간이라니.

그것보다 매력적인 대상도 없을 것이다.

"그렇게 하시죠. 요즘 밤길 진짜 무섭죠. 저희도 그래서 이렇게 무리지어서 하교하던 길이었습니다."

"아아, 대학생이세요?"

"예. 예에."

리나의 물음에 남자가 어색하게 고개를 끄덕였다.

자연스럽지 않은 움직임.

그들의 실체를 훤히 알고 있는 리나는 어설픈 연기가 우습기만 했다.

"그럼 잠시 실례할게요."

리나가 무리들 사이로 파고들어 당당하게 걷기 시작했다.

그들은 점점 어둡고 음침한 곳으로 향하고 있었다.

동상이몽.

생각에도 없던 사람의 등장에 일곱 명의 뱀파이어들은 잔뜩 들떠 있었다.

보아하니 술집 여자 같아 보이는 여자.

이런 여자라면 갑자기 사라진다고 해도 크게 이상하게 여기진 않을 것이다.

외간 남자와 눈이 맞아 도망갔거나, 아님 며칠 무단으로 일을 쉰다고 생각하거나.

그런 것일 터다.

"쩝―"

리나는 자신도 모르게 입맛을 다시고 있었다.

그렇게… 여덟 명의 사람은 어둠 속으로 점점 사라져갔다.

*　　　*　　　*

"곧 디 데이로군요. 이틀 후."

"그렇습니다."

"오늘은 또 이 옥탑방이 편한가 보네요? 그저께는 카페가 편하다고 하더니."

"그때 그때 기분이 달라요. 변덕도 심해지는 느낌이랄까.

혹시 신정우의 동향에 대해서는 파악된 것이 없습니까?"

"블랙 말씀인가요?"

"블랙이 신정우고, 신정우가 블랙 아니겠습니까. 이젠 확실하다고 생각합니다. 벌써 이틀 사이에 또 두 명이 죽어 나갔구요."

"조용합니다. 아마 그럴 만한 이유가 있기 때문일 겁니다."

"그럴 만한 이유가 있다시면?"

"오늘은 그에 대한 이야기를 들려주려고 직접 찾아온 겁니다. 재밌는 소식을 전해 들었거든요."

순식간에 많은 이야기가 오고 갔다.

우선 현성이 먼저 꺼낸 얘기.

두 명의 죽음에 대한 것은 바로 블랙이 다음 타깃으로 지목했던 요직의 경찰들이었다.

별다른 예고도 없이 순식간에 벌어진 살인이었다.

그 바람에 신정우 사건에 연계되어 조사를 받아야 했던 경찰은 모두 죽임을 당했다.

살아남은 경찰들은 간접적으로 연루된 자들이었다.

알짜배기 정보를 지닌 사람은 모두 죽은 것이다.

사람들은 당연히 신정우가 죽었다고 여기는 만큼, 이 일에서 신정우라는 단어를 떠올릴 생각조차 하지 못했다.

하지만 현성은 이제 99.9% 확신하고 있었다.

블랙은 신정우 본인이었다.

그렇게 생각하니 더욱 분노가 치밀어 오르는 것이었다.

여전히 아버지의 원수는 살아 있는 것이다.

다만 세상 사람들의 눈을 속이기 위해 거짓 죽음을 위장하고, 거짓 장례식을 치른 것이다.

이 꼭두각시 놀음에 사람들은 모두 속았다.

완벽하게.

"들려주세요."

"최근 대구 일대에서 뱀파이어 열 다섯이 통째로 떼죽음을 당했다는 사실을 아십니까?"

"아뇨, 금시초문입니다. 뉴스로 보도될 만한 일도 아니고, 알려지지도 않았으니까요."

"그렇습니다. 다만 전에 부탁하셨던 건 기억하고 계십니까? 각 지역별로 포인트로 지목 된 곳마다 최대한 조사를 부탁했었잖습니까."

"네, 그랬었죠."

"그 와중에 대구에 있던 정보원이 소식을 들은 겁니다. 대구에도 뱀파이어 조직이 확인된 것만 세 개가 있었으니까요. 그중에 작은 조직 하나가 막 파밍 라인을 준비하기 시작했었죠."

"그렇습니다."

"그 조직의 동태를 파악하기 위해 다음 날 아지트를 찾았을 때……."

"전부 전멸을 당해 있었다?"

"사진을 보면 좀 더 이해가 빠를 겁니다."

박 신부가 품속에서 수 십장의 사진을 꺼내 현성에게 건넸다.

첫 장부터 바닥에 피가 흥건한 자극적인 사진이었다.

현성은 박 신부가 건넨 사진들을 자세하게 훑었다.

철창 너머로 보이는 광경을 찍은 사진이기에 자세하지는 않았지만, 정황을 파악하기에는 충분했다.

사진 속 아지트 내부의 광경은 참혹했다.

물론 '바람직한' 결과물이기는 했다.

사진 속 뱀파이어들은 모두 저마다 손과 발이 따로 분리되어 떨어져 있거나, 일부는 무언가에 살점을 뜯겼는지 찢겨져 나가 있었다.

바닥에는 마치 먹다 버린 듯한 뱀파이어 남자의 넓적다리도 분리되어 떨어져 있었다.

그뿐만 아니라 아직 햇빛을 받지 못해 산화되지 않은 뱀파이어들의 시체였지만, 핏기가 부족했다.

뱀파이어들도 자신들의 피가 흐르고 있기 때문에 죽었다고 하더라도 어느 정도 부패가 진행되지 않는 한 서서히 말라 비틀어져 사라져가기 마련이었다.

하지만 사진 속의 시체들은 하나 같이 고목나무처럼 비틀려져 있었다.

미라를 보는 듯한 느낌이었다.

"뱀파이어들 간의 내분… 아니겠군요. 놈들은 동족에게는 관심이 없으니까. 아무런 욕구도 채워줄 수 없죠."

"그렇습니다."

"하지만 우리는 움직인 적이 없구요."

"그렇지요."

현성의 말에 박 신부가 차례대로 맞장구를 쳤다.

"그런데 뱀파이어들이… 그러니까 '사냥'을 당했다."

"그런 상황입니다."

"그 이야기는…….."

현성이 잠시 말을 멈췄다.

왜 박 신부가 이 사실을 두고 재밌는 사실이라 했는지 이해가 갔기 때문이다.

현성은 다시 한 번 사진을 처음부터 차근차근 살폈다.

그리고 한참을 생각에 잠긴 뒤.

박 신부를 보며 말을 이어나갔다.

"우리와 비슷한 뜻을 가지고 움직이는 새로운 동료가 있을 수도 있다는 것입니까?"

현성의 물음에 박 신부는 잠시 미소를 머금은 채 현성을 바라보다가 고개를 끄덕였다.

"그런 것 같습니다. 그 존재가 누구인지, 어떤 존재인지는 아무도 모릅니다. 다만 완벽하지 않습니까. 이 근처에는 얼마든지 노릴 수 있을 만한 사람들이 있었습니다. 하지만 이 사람은 뱀파이어들만을 노린 겁니다. 그들의 피, 그들의 고기를 취하기 위해서 말이죠."

박 신부의 눈빛이 반짝였다.

현성의 표정에도 생기가 돌았다.

그동안 박 신부와 외로운 투쟁을 지속해 오며 점점 지쳐가던 찰나.

생각지 않았던 '지원군'의 조짐을 발견한 것이다.

"대구였습니까?"

"그렇습니다."

"내려가 보죠. 디 데이까지는 이틀이 남아 있으니까."

"그래서 차도 준비를 해 두었습니다. 자, 갑시다."

"서두르죠!"

누가 먼저랄 것도 없이 두 사람이 앞을 다투어 계단을 따라 내려갔다.

박 신부는 박 신부대로, 현성에겐 현성대로 도움이 될 조력자의 등장이었다.

누군지, 어떻게 생겼는지, 무엇을 하려고 하는지.

당장 만나 묻고 이야기해 보고 싶었다.

충분히 그럴 가치가 있었기 때문이다!

부우우우우웅—!

현성과 박 신부를 태운 세단이 검은 연기를 내뿜으며 밤거리를 질주하기 시작했다.

남쪽, 남쪽으로.

그들은 그렇게 빠른 속도로 새로운 인연과의 만남을 향해 달려가고 있었다.

『컨트롤러』 5권에 계속…

요람 新무협 판타지 소설

FANTASTIC ORIENTAL HEROES

국내 최대 장르문학 사이트를 휩쓴 화제작!
여름의 더위를 깨뜨리려 차가운 북방에서 그가 온다.

『귀환병사』

열다섯 나이에 북방으로 끌려갔던 사내, 진무린
십오 년의 징집을 마치고 돌아오다.

하지만 그를 기다린 것은 고아가 된 두 여동생, 어머니의 편지였다.
그리고 주어진 기연, 삼륜공……

"잃어버린 행복을 내 손으로 되찾겠다!"

진무린의 손에 들린 창이 다시금 활개친다.
그의 삶은 뜨거운 투쟁이다!

Book Publishing CHUNGEORAM

유행이 아닌 자유추구 -
WWW.chungeoram.com

수십 년 전, 용병왕의 등장으로 생겨난
왕국과 용병의 세계.
평소엔 한없이 가볍지만 화나면 누구보다 무서운,
놀고먹고 싶은 그가 돌아왔다!

하지만 바람과는 달리 과거 그의 앙숙과 대륙의 판도는
도저히 그를 놓아주질 않는데……

"용병은 그냥, 돈 받고 칼을 빌려주는 놈들이니까."

그의 용병 철학은 단순했다.

"물론, 누구에게 빌려주느냐가 문제겠지?"

FANTASTIC ORIENTAL HEROES

등룡기

騰龍記

임영기 新무협 판타지 소설

『만능서생』, 『무정도』의 작가 임영기.
2014년 봄에 시작되는 그의 화끈한 한 방!

도무탄,
태원 최고의 갑부이자 쾌남.
그러나…
인생의 황금기에 맞은 연인의 배신!

'빌어먹을… 돈보다는 무력(武力)이 더 강하다……'

돈이 다가 아님을 깨닫고,
무(武)로 일어서길 다짐하다!

고금제일권 권혼(拳魂)과 악바리 근성,
천하제일부호와 무림최고수를 동시에 노리다!

Book Publishing CHUNGEORAM

도시의 주인

말리브 장편 소설
FUSION FANTASTIC STORY

말리브 작가의 신작 현대 판타지!

죽기 위해 오른 히말라야.
그러나, 죽음의 끝에 기연을 만나다!

『도시의 주인』

다시 한 번 주어진 운명.
이제까지의 과거는 없다!

소중한 이를 위해! 정의를 외친다!

Book Publishing CHUNGEORAM